Hinterland

Helmut Zenker

Hinterland

Roman

Europaverlag
Wien · Zürich

Denn ich erzähle es lieber, bevor man mich danach fragt.

William Faulkner

CIP-Titelaufnahme der Deutschen Bibliothek

Zenker, Helmut:
Hinterland: (Roman) / Helmut Zenker. – Wien; Zürich:
Europaverl., 1988
ISBN 3-203-50864-8

Umschlag: Ute Strohmeier
Lektorat: Karin Jahn

Medieninhaber Europa Verlag GesmbH

Hersteller Elbemühl Graphische Industrie GesmbH Wien
Verlags- und Herstellungsort Wien
Printed in Austria
ISBN 3-203-50864-8

Inhalt

Wer sind wir?
Die *Propaganda* Europas!
Was ist unser Ziel?
Der Sieg!
Wer ist gegen uns?
Das Kapital, der Jude, die Rotfront!
Was sind wir?
Die Zukunft Europas!

Vaterland

He lay breathless for some time, rather unequally balanced between this world and the next.

Charles Dickens

Zu Besuch bei Freunden. Das romantische Herz des Wienerwalds begrüßt seine Gäste. Ständige Radarkontrollen. Keine Salzstreuung. Vier Lotto-Annahmestellen. Die hl. Messen: 8, 9 Uhr 30 und 18 Uhr. Besuchen Sie das Kloster, die Weinmesse, die Vorführungen der Freiwilligen Feuerwehr, das renovierte Kriegerdenkmal, den Stein zur Erinnerung an die Türkennot, die gut beleuchteten Gaststätten, das Heimatmuseum (Öffnungszeiten beachten!) und die gemütlichen Buschenschenken. Herzlich willkommen in Knet.

Der Stammtisch im NOBODY ist ein freundlicher Tisch. Sagt jedenfalls der Herr Drexler, der der Besitzer ist und den Kellner nur spielt, bei jeder Gelegenheit. Dabei sind an dem Tisch schon genug Feindschaften fürs ganze Leben geschlossen worden. Niemand weiß, warum das NOBODY in ganz Knet als Café gilt. Es ist bestenfalls ein Likörstubenersatz.

Auf dem Brett vor den vertrockneten Nußkipferln liegt die Lokal-Lektüre: das Amtsblatt der Gemeinde, die Fahrpläne der Post und der privaten Buslinie, die *Kronen-Zeitung*, die *kleine Kneter Bezirkszeitung*, der *Kamerad*. Außer den Fahrplänen landet früher oder später alles zerschnitten auf dem kalten Klo im betonierten Hof.

Der Drexler hat ein lackiertes Vogelgesicht, ist mindestens 50 und einen Meter 90 groß. Er akzeptiert jedes Publikum, kommt mit allen zurecht. Jetzt steht er mit schmalen Augen hinter der blitzenden Espressomaschine und redet mich am Stammtisch an, weil ich der einzige Gast bin. Der dreibeinige, zerrupfte Pudel, der dem Postenkommandant der Gendarmerie gehört, schläft unter dem Tisch und interessiert sich nicht für Drexlers Beichten, Berichte und Geschichten.

„Wer war die beste Frau im Kino?" will er von mir auf einmal wissen. „Greta Garbo? Ingrid Bergmann? Paula Wessely? Shirley MacLaine?"

„Keine Ahnung", gebe ich zu und blase den Bierschaum in den Aschenbecher. Ich war erst zweimal und nicht einmal freiwillig in einem Kino. „Kim Basinger?"

„Unsinn", krächzt der Drexler mit hoher Stimme.

„Marlene Dietrich?"

„Elga Andersen", behauptet er. „Die kennt nur kein Schwein mehr. 17mal hab ich mir seinerzeit den Film ‚*Gib Zunder Eddie*' angeschaut, nur um immer wieder einen kurzen Blick auf ihre rechte Brust in Schwarzweiß zu werfen."

„Wann war das?" sage ich mit vorgetäuschtem Interesse.

„1964 und 65."

„Hat es sich ausgezahlt?"

„Selbstverständlich", meint er mit sofort feuchten Augen. „Der Film war für damalige Verhältnisse ziemlich gewagt. Ich bin immer in der ersten Reihe gesessen, um der Andersen besonders nah zu sein."

Ich weiß schon, was jetzt über mich kommen soll. Der Drexler will loswerden, daß eine Kinokarte früher fünf Schilling 50 gekostet hat und daß es in dem Wiener Bezirk, in dem er aufgewachsen ist, früher neun Kinos gegeben hat und heute keines mehr. Ich trinke mein Bier in einem Zug aus, zahle mit drei Münzen und wecke den Hundetorso mit einem kräftigen Zungenschnalzen auf.

Der Drexler trägt das leere Glas in die Küche. Er kann sich den Rest des Vormittags ungestört der Frage widmen, ob es tatsächlich die rechte Brust der Schauspielerin war, die er vor Jahrzehnten bewundert hat. Angeblich hat er an die Elga Andersen mehrmals Verehrerbriefe verfaßt und sogar abgeschickt. Weil von ihr nie eine Antwort gekommen ist, hat er auch sonst niemand geheiratet.

Der Pudel, der offiziell Cäsar heißt, verkläfft auf dem Trottoir vor der Trafik einen in der Sonne schlummernden Berhardiner, der nicht einmal ein Aug aufmacht. Um elf gebe ich den Hund beim fetten Gendarmen, der sein letztes Dienstjahr in Knet absolviert, wieder ab.

Der Gendarm hat ein gutes Herz und heißt nachweislich Führer. Er hat sich den verletzten Pudel nach einem Unfall aus dem Tierschutzhaus geholt, und mir gibt er 20 Schilling dafür, daß der Hund unter meiner Aufsicht zweimal am Tag spazierenhumpelt. Kein Zufall, daß er sich mit der Zweituniform auch bei den örtlichen Pfadfindern wichtig macht.

(Herbert Kratky jun., 52, Fischhändler:)

Wieso interessiert Sie der rabiate Lorentz-Bub? Der will schon ein fertiger Mann sein, ist aber nur ein Rotzer. Bei mir im Geschäft ist der keine zwei Wochen gewesen. Zuerst ist er mir blöd gekommen, dann frech. Der hat mich beschimpft, sein Taschenmesser drohend aufgeklappt, nach mir getreten und das Glas bei der Eingangstür zerschlagen. Die Rechnung ist schon unterwegs an seinen Vater. Der hat sogar die Arbeiterkammer einschalten wollen. Und ein gepfefferter Brief geht ans zuständige Arbeitsamt. So macht man das. Der kriegt im Bezirk keine Stelle mehr.

(Lange Vergangenheit.)
Geburtsurkunde (Standesamt Wien-Innere Stadt, Nr. 00851/1971). Robert Josef Lorentz ist am 03. Jänner 1971 in Wien geboren. Vater: Ernst Karl Lorentz, Parteifunktionär, ohne religiöses Bekenntnis, Wohnort Knet. Mutter: Herta Lorentz, geb. Stanka, Sekretärin, röm.-kath., Wohnort Knet. Änderungen der Eintragung: keine.

(Minks.)

Ohne Minks Walter, 32, Computerspezialist mit Welthandelsabschluß, keine *Propaganda*. Der Verein und die Truppe verdankt Minks alles. Früher ist er Speerwerfer gewesen. Er hat sich auch die Statuten ausgedacht, die die Vereinspolizei auf die falsche Fährte gelockt haben. Wir sind offiziell ein Kulturverein, ein Bildungsverein, ein Sportverein. Der Minks hat sogar den Mut, den Verein von der Gemeinde und der Stadt Wien fördern zu lassen. Der Name *Propaganda* hat niemand auf den Plan gerufen.

Wir verfügen über einen kleinen Saal in der geräumten Volksschule in Knet. In Wien haben wir ein öffentliches Gassenlokal auf dem Wiedner Gürtel; mit exklusiver Wohnung im Mezzanin. Und bei Tulln die *Burg*: ein Bauernhof, der an den Wochenenden genutzt wird.

Der Minks stellt auf jedem Foto etwas dar. Er hält alles zusammen, beherrscht Theorie *und* Gefühl. Unumstritten ist er sowieso, weil er beim Beschaffen von Geld Weltmeister ist: Finanzminister und Kanzler. Bei uns ist jede Anrede erlaubt: Minks, Walter, Chef.

Pläne werden von ihm nicht diskutiert, nur mit den Vertrauensleuten besprochen. Wir sind Aktion, Übung, Tat, Depot.

Der Minks schätzt alles gering: auch, was bis jetzt in unserer Richtung passiert ist. Mich hat er mit einem einzigen Satz überzeugt: Unsere Bewegung ist keine Operette, die *Propaganda* ist Oper.

(Feuer rollt.)

Nicht hineingeraten. Hineingerutscht. Ein paar Samstage mitten im Sektor hinter dem West-Tor. Mit Loch im Ohr, bemaltem Gesicht, gefärbter Frisur, dann keiner Frisur. Den Minks Walter aus Knet fern der Heimat wiedergetroffen. Der keilt, wirbt und lenkt. Er hat die Vokabeln drauf, studiert neue ein, dirigiert die Schritte: *Hier regiert der S.C.R.! Grünweiß bis in den Tod! Austria verrecke! Wollt ihr den totalen Fußball?* Das ist intensiv, nur nicht von Dauer. Die meisten wollen nicht mehr: Fußvolkreserve. Und ein paar drehen sich ganz schnell auch gegen uns. Die *Propaganda* selektiert. Knochenarbeit und meistens vergebliche Mühe. Schlußstrich. Das sollen die Skinheads machen.

Die Skinheads und die Jungen, meint der Walter, sind Soldaten. Wir sind Elite. Ich bin nicht typisch, aber längst rekrutiert. Fußball selber ist mir kein Wert mehr. Ende des Fans, Anfang des Kameraden.

(Lexikon.)

Er muß übriggeblieben sein: der ramponierte, blaßblaue Volks-Brockhaus von 1940. Neunte Auflage. Anscheinend hat ihn die Großmutter aus dem Krieg herübergerettet. Ich muß das Buch ständig vor dem Vater verstecken, aber es ist praktisch. Man kennt sich im Handumdrehen aus. Bei den kurzen Biographien steht gleich dabei, ob einer *auserwählter* Abstammung ist. Und die modernen Arschlöcher (der Walter sagt: Friedensgewinnler) kommen gar nicht vor.

(Kurze Vergangenheit eins.)

Das Feuer wie immer auf der Wiese beim Perstling-Kreuz. Nachdem die schwarzen Erdäpfel und Frankfurter vernichtet sind, kommen endlich Lieder aus dem alkoholisierten Gelächter. Der Postbeamte Erwin, der schon beim Militär war, gibt grölend zur unbeholfenen Gitarrenbegleitung den Ton an. Er kann alle Strophen des Panzerlieds auswendig; sogar von der deutschen Originalfassung, die beim Bundesheer nicht gesungen werden darf. Es geht Schlag auf Schlag: Schwarzwaldlied. Westerwald. Flieg', deutsche Fahne, flieg'. Kein schönrer Tod in dieser Welt. Im Vorfeld grunzt das „Minenschwein", es brüllt die „Stachelkuh". Wie müssen die Soldaten sein?

Und die Melodien der Lieder klingen ganz ähnlich wie früher bei mir daheim, obwohl dort die Verse, die mein Vater und seine Freunde bevorzugten, immer nur von der Sowjetunion und vom Bürgerkrieg in Spanien gehandelt haben.

Dann skandieren wir (mit den Bierdosen in der Hand) im Rhythmus der früheren Campari-Werbung: Wo ist der Faschismus? Unterm Bett, da ist er nicht. Wo ist der Faschismus? Und die krumme Nase bricht. Wo ist der Faschismus? In der Küche ist er nicht. Wo ist der Faschismus? Beschnitten wird er heute nicht. Wo ist der Faschismus?

Der Bolschewik hat schon die Gicht. Wo ist der Faschismus?

Einer meint, daß wir das nächste Feuer ruhig einmal mit Büchern in Schwung bringen sollten. Der Erwin ist gleich dafür. Was könnten wir der Flamme übergeben? Micky Maus, die unsäglichen Simmel-Schwarten, das Bundesgesetzblatt?

Zuletzt kommt der Erwin mit dem Lied vom Führer daher, das wir noch nicht kennen und beizeiten lernen sollen: Ihr seid viel tausend hinter mir und ihr seid ich und ich bin ihr. Ich habe keinen Gedanken gelebt, der nicht in euren Herzen gebebt.

Vor ein paar Wochen hätte ich darüber gewiehert und Ausreden gefunden: lächerlich, pathetisch. Die Zeilen sind nicht zu verstehen. Jetzt kann ich sie spüren. *Ich* bin *auch* auserwählt, nur nicht vom lieben Gott. Meine Gedanken sind minutenlang ohne Hemmungen. Bereitschaft im Dienst. Und die Gänsehaut, die auf meinem Rücken aufzieht, ist nichts als angenehm.

Von der Vespa aus beobachte ich den Pfarrer, der kurz vor halb acht im bodenlangen Kostüm aus der Kirche taumelt. Den Leib des Herrn haben die Alten, die Abend für Abend zu den Messen kommen, verzehrt. Das Blut des Herrn trinkt der Pfarrer hinterher allein in der abgesperrten Kirche, bevor er heim zu seinen Katzen und zu den täglichen Nachrichten schwankt.

Über den Pfarrer, der auch die Schulbibliothek leitet und in Kirchenzeitungen Buchbesprechungen veröffentlicht, hat uns der Minks Walter längst die Augen geöffnet. Der hat ihm nämlich bei der Übersiedlung im letzten Jahr geholfen. In der neuen Wohnung hat der Pfarrer für seine

Bücher nicht so viel Platz. Deswegen hat er die Hälfte davon der letzten Altpapiersammlung geopfert: ausschließlich Kriminalromane. Die Theologie, die Literatur und auch die fast 500 Sextaschenbücher hat er behalten. Damit keines seiner Schäfchen im Ort draufkommt, was er wirklich am liebsten liest.

Heute ist freies Programm: kein Kommando, keine Befehle. Und im Fernsehen nur *Eis am Stiel*, dritter Teil. Die Eva paßt auf das Baby bei ihrer Schwester auf. Ich will mit dem Moped zur Endstation der U-Bahn fahren und in Wien zu Fuß von der Innenstadt zu einem der großen Bahnhöfe.

Der Rudi, der in Wien Geschichte und noch was studiert, will den Judenfilm auch nicht sehen und sitzt ohne Sturzhelm hinter mir auf dem Fahrzeug. Sein langer Hals und sein viereckiger Kopf haben ihm schon in der Volksschule den Spitznamen Gnu eingebracht. Ein Neutrum ist er trotzdem nicht geworden.

Der Gnu hat heute eines der braunen Papierhemden an, die uns der Erwin lang genug versprochen hat. Er sagt, die Hemden kommen aus der DDR. Im vierten Bezirk, im ATLANTA, gastiert heute eine Gruppe aus dem richtigen Deutschland.

(Eva.)

Wo hab ich sie getroffen? In einem Billard-Café beim Prater in Wien. Sie hat demonstrativ in einer mickrigen Broschüre gelesen: Der Untergang der freien Welt. Von meinem Platz aus hab ich ihre gekreuzten, weißen Beine gesehen. Und den dunklen Faltenrock. Eine Erscheinung aus einem anderen Jahrzehnt. Ich hab dem Gnu, der in der Volksschule zwei Klassen über mir war, auf einem Bierdeckel geschrieben, daß mir die Frau gefällt und daß ich fast schon verliebt bin. (Ersichtlich Ältere sind bei uns immer Frauen, Jüngere: Mädchen.) Der Gnu hat den Bierdeckel einfach durchs Lokal in ihre Richtung segeln lassen. Sie hat meine erste schriftliche Liebeserklärung gelesen und ist an unseren Tisch gekommen.

„Wer von euch hat das Porto sparen wollen?“ war ihr erster Satz.

(Familienalbum.)

Daheim dominiert immer noch die Großmutter, die den Umzug 1979 von Wien nach Knet entgegen ihrer Drohungen doch mitgemacht hat. Sie ist für alles zuständig: für den kompletten Haushalt und seine Finanzierung, für das Überwachen der Aufgaben der jüngeren Geschwister. Bis vor zwei Jahren hat sie sogar meine Etüden und Fingerübungen auf dem kurzen Flügel mit einem Kochlöffel bewacht.

Die Mutter kommt nie vor fünf. Am Vormittag sitzt sie in einem Reisebüro vor dem blauen Bildschirm, am Nachmittag bei den Telefonen. In den Stunden vor dem Fernsehapparat zu Hause strickt sie abwechselnd Pullover und Skisocken.

Die Schwestern haben ein eigenes Zimmer, das mit Swayze- und Jackson-Postern tapeziert ist und von mir selten betreten wird. Sie gehen ins Gymnasium. Hedi, die ältere, hängt neuerdings in Latein und Mathematik.

Der Vater geht zeitig weg, kommt meistens erst in der Nacht. Er schwört auf die russische Revolution und auf die KPÖ, die ihn seit ewigen Zeiten als Funktionär beschäftigt. Mit 18, sagt er, werde ich auch reif für die Partei sein. Er hat sogar schon geplant, welcher Sektion in Wien ich beizutreten habe. Anscheinend bin ich beim Erfüllen des Werbe-Plansolls fix einkalkuliert.

Das Buchregal ist voll von Marx, Engels, Scholochow und Lenin. Nicht einmal die sechsbändige Stalin-Ausgabe in Leder ist weggeschmissen worden. Der Vater berührt die Bücher nie, ich darf sie nicht berühren.

Meinen unaufhaltsamen und von allen Lehrern vorhergesagten Abgang vom Gymnasium hat er nicht so tragisch genommen. Daß ich mich dann auf zwei Lehrstellen nicht halten konnte aber schon. Ich hab ihm allerdings nie gesagt, daß der Fisch-Kratky mit heftigem Kaffeeatem und verliebten Augen nur hinter meinem Schwanz her war.

Seine Meinung über die Welt ist gesichert und unverrückbar: im Fernsehen nur Hetzfilme, in den Zeitungen nichts außer Lügen, die rosa und schwarzen Politiker von allen Geistern verlassen, die Liberalen samt ihrem opportunistischen Rattenfänger eine Nazipartei wie eh und je, die Grünen ein verschlafener Singverein. Daß ich am russischen Glauben nicht zweifle, nimmt er automatisch an. Er hat sich nie um meine persönliche Schulung gekümmert. Meine Gedichte, die ich in der vierten geschrieben habe, findet er rührend.

Über der Stereoanlage in der Wiener Wohnung war bis zuletzt ein riesiges, gediegen gerahmtes Bild des langjährigen Parteivorsitzenden Johann Koplenig an der Wand befestigt. Der weißhaarige Genosse hat mir bei den Aufgaben und beim Onanieren streng über die Schulter geschaut, und ich hab ihn lang genug für einen entfernten Verwandten gehalten.

An Samstag-Nachmittagen wird der Vater gern kindisch und stöbert die Kleinanzeigen im Kurier durch; auf der Suche nach Leuten, die seltene Originalausgaben von

Mein Kampf zum Verkauf anbieten. Die Telefonate, die ihn akustisch bis nach Salzburg und Kärnten bringen, laufen stets gleich ab: „Sie haben eine Mein-Kampf-Ausgabe angeboten? Wirklich? Schieben Sie sich den Dreck in den Hintern."

Vor ein paar Wochen habe ich im Namen des Vaters ein Exemplar in Krems bestellt, das mit Verspätung auch eingetroffen ist. Der Vater hat das Päckchen geöffnet und den erwarteten Wutanfall bekommen. Der Ärger war genauso wie zu Weihnachten, als ich ihm ein dtv-Buch über die Moskauer Schauprozesse unter die Geschenke gemischt hatte. Der Vater hat mich nicht einmal in Verdacht.

Der Großvater war lebenslänglich Sozialdemokrat und hat der Großmutter das Kirchen-Rennen immer strikt verboten. Er ist gestorben, bevor er einen wesentlichen Satz an meinen Vater weitersagen konnte.

Die Großmutter läßt jetzt die Abendmessen nur aus, wenn ich oder der Vater mit ihr Samba-Canasta oder Jolly spielen. Sie hält sich für eine Linkskatholikin. Linkskatholiken gibt es nicht, behauptet der Vater und ist davon fest überzeugt.

Durch die Fußgängerzone strömen Horden von schnatternden Italienern. Dem Gnu gehen sie auf die Nerven. Auch wenn sie den authentischen Faschismus, wie er es nennt, erfunden haben. Er rempelt auf dem Graben und die Kärntnerstraße aufwärts ein paar Touristen an. Sie halten den Gnu für betrunken.

Das ATLANTA, mit einiger Wahrscheinlichkeit nach der Südstaaten-Metropole benannt, wird ausgerechnet von einem Bimbo in Basketballergröße bewacht. Zum Glück sagt er kein Wort, winkt uns mit einer beiläufigen Handbewegung vorbei und hinein. Ich gehe gleich in den Saal. Der Gnu gibt seinen dünnen Mantel in der Garderobe ab.

Die Musik vom Tonband stampft, Gedränge ist noch keines. Die Leute lehnen an den weiß gekachelten Wänden, trinken Bier und Wein aus Papierbechern. Sie starren zur leeren Saalmitte und zur nicht sehr hohen Bühne, wo die DEUTSCHE EINHEIT ihre Instrumente und Verstärker vorbereiten.

Um halb neun krachen sie los, der aufgeblasene Waschraum vibriert. Der Gnu hat die EINHEIT in München schon einmal gesehen. Die Texte sind seiner Meinung nach ausgezeichnet. „Die lassen kein Thema aus", sagt er.

Jetzt versteht man kein einziges Wort.

Ein Kretin mit blassem Irokesenschnitt und umgehängtem Seesack will uns die letzte Ausgabe vom *Nationalrevolutionär* auf schlecht geklebtem Umweltpapier andrehen. Ich will ihn verscheuchen.

„Du kannst ja später einmal bezahlen", bietet der Indianer an.

„Subtrahier dich", sagt der Gnu und spuckt ihm vor die Schuhspitzen. Er hat die Schwärmer, die national sein wollen und gleichzeitig vor den Russen auf dem Bauch liegen, genauso wie ich gefressen.

Gleich darauf sind der Typ und seine Zeitung unwichtig. Links von der Bühne ergibt sich ein Tumult. Ein Mann schwenkt eine rote Fahne. Die Front ist eröffnet. Es ist nicht *unser* Rot. Es muß sozialistisch, kommunistisch oder nur österreichisch sein. Eigentlich war so was zu erwarten. Irgendein antifaschistisches Komitee findet sich ja immer.

Der Gnu ohrfeigt einem Rothaarigen seine getönte Brille aus dem Gesicht. Ich befördere sie mit einem Fuß weiter unter die Bühne und nehme mir eine Frau mit violettem Strickkleid und Lederjacke vor, die ich an einem Ärmel zu mir zerre. Sie quietscht hysterisch und läßt sich fallen. Der Nationalrevolutionär flüchtet zum Ausgang. Wer in der Theorie schwach ist, hinkt auch in der Praxis.

Die DEUTSCHE EINHEIT hält durch, bricht nicht ab. Die Provokation ist nach fünf Minuten erledigt. Auf dem Steinboden bleiben ein paar Blutspuren. Der Rothaarige hat ohne Brille das Weite gesucht. Dem Gnu hat einer einen Streifen aus dem Hemd gerissen.

„Das muß wirklich aus der DDR sein", sagt er und grinst.

Im Freien ist von den Demonstranten keiner zu sehen. Dafür umkreist ein uniformierter Polizist mein Moped. Im Saal vorher, wo man ihn brauchen hätte können, war von dem feigen Ei nichts zu entdecken.

(Die Lage laut Gnu.)
Was willst du von einer Bevölkerung erwarten, die nicht zwischen Bunt- und Weißglas unterscheiden kann?

(Feierabend.)

An jedem Mittwoch ist der Stammtisch im NOBODY einer gleichbleibenden Kartenrunde vorbehalten. Der Gendarm Alois Führer, der Gemeinderat und Landtagsabgeordnete Gottfried Weninger, der Hauptschullehrer Helmut Trattner und der Fleischhauer Otto Schwarzbeck spielen Tarock. Der Postenkommandant ist wesentlich älter als seine Kartenfreunde.

Der Fernsehapparat steht zwischen zwei erwachsenen Zimmerpalmen. Nach der Nachrichtensendung spricht wieder einmal der geschminkte Bundespräsident zu seinen

Landsleuten. Er sagt, was er immer gesagt hat und immer sagen wird. Deshalb hört ihm im Café außer dem gelangweilten Drexler, der auf den Nachtfilm wartet, keiner mehr zu. Nicht einmal der Landtagsabgeordnete, obwohl er die Partei vertritt, die den Präsidenten aufgestellt hat.

Dafür merkt der Gendarm Führer jäh auf, als im folgenden Inlands-Journal jugoslawische Partisanen ausgiebig zu Wort kommen. Er war während des Krieges selber in Jugoslawien und Italien.

„Das geht auf keine Kuhhaut“, findet er, weil zwischen den befragten Partisanen mehrmals der Präsidentenkopf mit der alten Stellungnahme eingeblendet wird: Ich habe von nichts gewußt. „Ein Wahnsinn, was sich die erlauben. Ich hab ihn nicht gewählt, aber jetzt tut er mir leid.“

„So was ist nur in Österreich möglich“, bestätigt der Hauptschullehrer, der nach dem ersten Krügel besonders gescheit ist. „Der ORF ist doch unterwandert, und der Präsident ist sowieso viel zu nachsichtig. Ich würde an seiner Stelle alle in Grund und Boden klagen.“

„Das wertet die Schmutziane nur auf“, meint der Gendarm und macht aus seinen Karten einen Fächer. „Lauter Masochisten. Wer sagt das Spiel an?“

„Du hoffentlich“, drängt der Weninger.

„Alles schön langsam“, sagt der Gendarm und zwinkert. „Nur nichts mit arischer Hast.“

Die anderen verzehren ihre versalzenen Eiernockerln. Führer, der seine Nußpalatschinken schon verschlungen hat, berichtet vom Hunger auf dem Rückzug in Italien: „Einmal sind der Schweiger Manfred und ich in ein Bauernhaus gekommen. Die Frau dort hat uns eine Eierspeis gemacht, mit 18 Eiern. Die war nicht und nicht zu vernichten.“

„Das haben wir gern", sagt der Hauptschullehrer und lacht grell auf. „Zuerst nicht aufessen und nachher den Krieg verlieren."

U-Bahn-Station Schottenring. 23 Uhr. Wir sind ohne Fahrkarten durch die Schranken marschiert. Auf dem Bahnsteig der U 2 übergibt sich ein Sandler, verliert seinen verwelkten Hut dabei, der im Erbrochenen landet. Dann tapst er zur Rolltreppe davon. Der hält die ganze Welt für ein Klo. Am liebsten würde ich ihm nachgehen.

„Sinnlos", erklärt der Gnu und lenkt ab. Er schickt einer zierlichen Plakatfrau im Huber-Trikot einen gehauchten Kuß. „Hast du mit der Eva endlich geschlafen?"

„Fast."

„Was heißt das?"

„Weiß ich nicht und sag ich nicht."

„Die Bauern vögeln schon mit zwölf", sagt er, während das bevorstehende Eintreffen der U-Bahn über Lautsprecher angekündigt wird.

> (Notizen.)
> Jeder Faschismus braucht seinen Star, sagt der Erwin. Wir brauchen keinen. Hitler ist uns nicht nur gut genug, er ist der beste. Immer noch. Alle andern kann man vergessen. Die können ihm nicht das Wasser reichen. Die haben ihn sowieso nur verraten, betrogen und im Stich gelassen. Und uns erst recht.

(Leserbrief an ein österreichisches Nachrichtenmagazin.)

Geschätzte Redaktion! Ich bin aufgebracht und verbittert, aber ich bin kein Künstler und leider Gottes auch kein

Literat. Trotzdem hoffe ich, daß in Ihrem Magazin auch einmal ein Homo politicus mit künstlerischer, ja literarischer Neigung die Chance erhält, seine Wut über gewisse Entwicklungen in unserer Heimat zu veröffentlichen.

Vorweg: Mich erregt völlig anderes als das, worüber sich Künstler vom Schlage Hrdlicka, der uns gerade sein Antifaschismus-Mahnmal auf dem Albertinaplatz aufdrängen will, oder eine Literatin vom Schlage Jelinek, die nur den blanken Haß kennt, immer wieder publizistisch ereifern dürfen.

Ich frage mich: Warum geben Medien, die von ihren Besitzern und Machern her keineswegs zur linken Szene gehören, gerade deren radikalsten Figuren so oft die Möglichkeit, ihre krausen Gedanken und Tiraden an die Öffentlichkeit zu tragen? Es besteht keine Notwendigkeit, daß man ihnen ein Forum zur Verfügung stellt, von dem aus sie ihr schädliches, unmoralisches Gift reichlich verspritzen.

Vor allem Hrdlicka, der mit seinem trojanischen Holzpferd den Präsidenten ständig beleidigt, spielt sich am liebsten als Pazifist auf. Aber der Pazifismus, der wie ein Chamäleon viele Namen annehmen kann, war immer ein Wolf im Schafspelz und das schlimmste Trojanische Pferd. Auch jetzt, wo wir von so vielen Seiten angegriffen werden.

Es empört mich besonders, daß österreichische Literaten, die keine Gelegenheit versäumen, in ausländischen Blättern, Rundfunkanstalten und auf ausländischen Bühnen unser Vaterland und seine Mitbürger zu verleumden, herabzuwürdigen und auch zu verraten, in Österreich nicht nur ohne Schwierigkeiten agieren und agitieren dürfen, sondern dazu noch öffentlich dekoriert und gefeiert werden. Ich möchte und muß es an dieser Stelle einmal offen aussprechen: Es gibt auch den *künstlerischen Hochverrat*!

Mißverstanden möchte ich aber dabei nicht werden. Nein, ich rede nicht der Zensur das Wort, dazu wird mich niemand bringen, aber ich muß feststellen dürfen: Die betreffenden Herrschaften, die uns als bunte Hunde entgegentreten, sollen und können schaffen, was sie wollen. Mir sind sie fremd, langweilig und gleichgültig.

Wo dürfen sie denn schreiben und schreien gleichzeitig? Im Ausland. Wo nimmt man sie wichtig? Im Ausland. Sie spielen ihre unwürdige Rolle gern, und wir fördern sie noch aus öffentlichen Steuergeldern. Ist denn der Haß gegen die Heimat, eine penetrante Fäkaliensprache und die bewußte Liquidierung der Moral der Inbegriff von heutiger Kunst? Zu solcher Meinung lasse ich mich nicht zwingen, und ich weiß, daß der überwältigende Teil meiner Landsleute genauso denkt.

Die Künstler, die unsere Geschichte, unsere Herkunft und unser Selbstbewußtsein beschmutzen, ernennen sich zuerst einmal selbst, dann treten die Helfershelfer auf den Plan, die ihnen allerorten attestieren, daß sie wahre Künstler sind; Garnisonen von Helfern. Leider im falschen Demokratieverständnis auch immer wieder die bürgerlichen Medien, leider auch Ihr Magazin.

Wir müssen doch kein schlechtes Gewissen haben. Kollektivschuld ist Unsinn! Verantwortungsvolle jüdische Mitbürger bestätigen uns das. Ich lasse nicht daran rütteln: Wir sind 1938 das erste Opfer gewesen! Wer anderes behauptet, fälscht die Geschichte und sägt mit Absicht am Ast, der Gott sei Dank noch Österreich heißt.

Perversitäten dieser Art verdanken wir der Tatsache, daß es der Linken gelungen ist, auch den wirklichen Demokraten ihre leninistisch-sozialistische Diktion aufzuzwingen. Und zwar überall: in der Kunst, in der Ideologie, in der Außenpolitik. Diesen Erfolg des Kremls haben wir bis jetzt viel zu wenig beachtet.

Bedenken wir das alles. Handeln wir danach.

Dr. Gottfried Weninger
Abgeordneter zum Nö. Landtag

Vordergrund

„Es gibt überall Neger", erwiderte Jack,
„sogar in der amerikanischen Armee."
Curzio Malaparte

Ein Rudel Würdenträger schreitet mit ernsten Gesichtern und grauen bis kahlen Köpfen zum Kriegerdenkmal, das im letzten Jahr renoviert worden ist. Die Feuerwehrmänner schleppen die Kränze. In der Nacht ist das Denkmal sogar beleuchtet. Die Kirche wird erst in ein paar Jahren erneuert. Der Gendarm hält für ein paar Minuten auf dem Kopfsteinpflaster den Verkehr an. Zuerst wird geschwiegen, dann (ohne Pfarrer) gebetet, schließlich gesungen. Eine lächerliche Zeremonie. Der Rest des Gedenkens findet im nahen Café statt. Der Gendarm mit Funkgerät nimmt daran teil, und ich darf das Hündchen noch eine Weile beaufsichtigen.

Mit knapper Not kann ich verhindern, daß das kleine Luder vor den Augen der Trafikantin an den Sockel des Denkmals macht. Das Glas vom Ankündigungskasten der Gemeinde ist eingeschlagen und das Amtsblatt herausgerissen worden. Die Reißnägel und leere Papierfetzen der Zeitung sind noch da. Anscheinend hat jemand der ausgiebige Artikel über Österreichs Anschluß nicht gefallen. Kann ich verstehen. Ich war es nicht.

Der Kasten vom Kameradschaftsbund ein paar Meter weiter ist unbeschädigt. Der *Kamerad* bellt gegen alle, die nie für Freiheit und Heimat kämpfen mußten, und findet widerlich, was uns die Siegermächte aufgezwungen haben. Außerdem hat der Leitartikel-Schreiber für die Pflichtveranstaltungen 1938–88 ein bemerkenswertes Wort erfunden: Gedenkterror.

Das Plakat im SPÖ-Kasten ist zu groß. Der Bundeskanzler zwinkert mit nur halbem Kopf und Hamsterbakken den Passanten zu. Der Landeshauptmann im ÖVP-Kasten will mit begeisterten Glutaugen und hingestreckter Hand seinen erfolgreichen Weg fortsetzen. Der Pfarrer kündigt handschriftlich eine Florianifeier und einen Lichtbildvortrag über die Erscheinung der Gottesmutter in Medjugorje an. Sollte ich schon über 14 sein, darf ich auch kommen.

> (Warum?)
> Mein Vater hat seine Welt vor mir versteckt. Versteckt sie noch. Wollte er sie mir nicht erklären? War nichts dran? Ist nichts dran? Seine Helden sind nur Papier, weiß ich jetzt, seine Träume blaßes Geschwätz. Mein erster Schritt war nur ein Reflex. Heute kann er mir nichts mehr erzählen. Meine Tage als Schlachtenbummler sind um. Ich bin gerettet.

Im NOBODY wedelt der Lehrer Trattner, der seinen

freien Tag hat, mit der neuesten Amtsblatt-Nummer vor den versammelten Kriegsteilnehmern. Auf vier Seiten wird da nüchtern und sachlich über den Anschluß und das NS-System geschrieben. Ein Bild, auf dem Juden unter grinsender Aufsicht den unteren Stadtplatz von Knet kehren, ist auf der Titelseite abgedruckt.

„War das notwendig? Genau jetzt?“ Der Hauptschullehrer schlägt einen pathetischen Ton an.

„Nein“, bestätigt der Ritterkreuz-Versehrte Lothar Altmann, der eine kurze Zigarette zwischen den braunen Fingern hat. „Ich werde mich der Sache annehmen.“

„Bravo!“ schreit Hofrat Boran, Bezirksschulinspektor in Pension, und hebt ein mit Apfelsaft gefülltes Bierglas, auf dem in Frakturschrift sein Vorname steht. Er ist zwar der einzige der Veteranen, der noch an Kegelabenden teilnimmt, aber Alkohol trinkt auch er nicht. Dabei war Abstinenz immer nur eines: Arbeitersache.

Alle wissen, was die Ankündigung Altmanns bedeutet. Ihm gehört die kleine Kneter Bezirkszeitung, die schon viele erfolgreiche Kampagnen geführt hat. 1949 war Altmann Mitbegründer des *Verbands der Unabhängigen*, in dem sich die alten und neuen Nationalen wieder zusammenfinden durften. Seit April 1965 ist er Obmann der selber gegründeten *Freien Nationalpartei*. Die hat zwar ein gestandenes Programm, aber kaum Mitglieder.

Altmann hat sein Geld mit der Herausgabe von Para-Büchern und mehreren Sexzeitschriften gemacht. Auf dem Gebiet ist er in Österreich sogar Pionier. Daß er seine fast 30 Jahre jüngere Frau über ein Inserat in einer seiner Kontaktzeitschriften kennengelernt hat, ist ein offenes Geheimnis. Jahrzehntelang hat er auch handliche und falsche Biographien von Goebbels, Göring und Hitler verkauft.

Die Lokalpolitiker buckeln trotzdem vor ihm um die Wette.

„Wer hat denn den Artikel bestellt?“ fragt der Hauptschullehrer weiter. „Der Bürgermeister?“

„Bestimmt nicht“, sagt Gottfried Weninger schnell, für den der Termin mit den Kriegsteilnehmern politische Pflicht ist. Auf seine schmale Brust sind nur zwei durchschnittliche Kriegsauszeichnungen seines Vaters geheftet. Der lokale Zeitungszar läßt ihn nicht weitersprechen.

„Oder die gleichen Gemeindepolitiker, die uns einreden wollen, daß wir unbedingt einen Heinrich-Heine-Weg brauchen?“ Altmann grinst und bläst seinen Rauch unter der Hängelampe durch. Er raucht seine Zigaretten immer so lang, bis er sich die Finger verbrennt. Filter kommen ihm nicht in Frage. „Ist der Kafka-Platz nicht genug?“

„Der Direktor vom Gymnasium war es“, berichtet Weninger. „Der hat den Autor zu einer Festveranstaltung eingeladen. Wir haben die Rede nur nachgedruckt.“

„Und nicht vorher gelesen?“ spottet Altmann und schlägt mit seinem linken Fuß, der seit 44 Jahren aus wechselndem Holz ist, gegen das eiserne Tischbein. „Wer ist denn der Autor?“

„Ein Historiker.“

„Von hier?“

„Aus Wien.“

„War zu erwarten“, sagt der Hauptschullehrer. „Der hätte gleich seine Parteibuchnummer dazuschreiben sollen.“

Der Drexler versichert, daß das Amtsblatt dieses Mal sofort auf die Toilette übersiedeln wird. Der Landtagsabgeordnete hat nichts dagegen, und der Lehrer Trattner weiß, daß sein Tarockpartner nur ein Maulheld ist. Er kennt als einziger den Leserbrief Weningers.

Endlich wird Vergangenheit geträumt. Der frühere Schulinspektor darf den Anfang machen. Münchhausen auf Reisen: in Afrika, auf dem Balkan, in Stalingrad. Heute gehört uns das Café und morgen die ganze Welt.

(Erwin-Witz.)
Warum hat der Führer nie den Führerschein gemacht? Er ist immer an der gleichen Frage gescheitert: „Wo ist der Vergaser?" Seine Antwort: „In Auschwitz."

(Erziehung und Spiel; vorläufig.)
Die Eva ist mehr als zwei Jahre älter als ich. Publizistikstudentin. Bestimmt hat sie Erfahrung und Erfahrungen. Es stört mich nicht. Von Anfang an hat sie geahnt, gewußt, daß ich mit Frauen noch nie weit gekommen bin. Sie verspricht bald, unsere Liebe entschlossen in die Hand zu nehmen.

Das erste Mal treffen wir uns wirklich allein in einem Gastgarten bei der Alten Donau. Sie sagt, etwas Einfaches will sie nicht haben und sei hoffentlich auch nicht in meinem Interesse. Ich verstehe nicht gleich. Vor der Haustür küßt sie mich dreimal: eine handliche Maid mit Pfefferminzgeschmack. So schnell geht das, heißt mein ständiger Gedanke auf dem Heimweg im Regen. Großer Irrtum meinerseits.

Beim zweiten Treffen lande ich bald in ihrer Wohnung und auch auf ihrem breiten Bett. Das ist schon alles. Beim ersten Griff auf ihre Knie zieht sie ein düsteres Gesicht.

„Du willst nur, was alle wollen."

„Nein", lüge ich.

„Wir könnten es schnell schön haben", meint sie, und

ich schöpfe vergebliche Hoffnung. „Aber dann ist es gleich wieder vorbei."

„Wieso?"

„Weil ich das weiß", sagt sie. „Willst du mich sehen?"

Ich verstehe kein Wort. Sie zieht ihr T-Shirt über den Kopf und entfernt den schwarzen Büstenhalter. Ich stehe automatisch auf.

„*Nur* sehen", befiehlt sie und drückt mich zurück auf das Bett. Sie geht zwischen der Korb-Stehlampe, die sie einschaltet, dem Buchregal und dem Fenster hin und her. Auf einer der Scheiben klebt: Rauchen verboten!

„Gefalle ich?"

„Ja", sage ich und wundere mich, warum ich nicht heiser klinge. Die Eva ist schlank und fast so weiß wie ihre Strumpfhose. Ihre Brüste sind winzig, die Blinddarmnarbe leuchtet. Meine Hundeaugen betteln: Komm her.

„Ich will, daß du von mir träumst", sagt sie und rollt die Strumpfhose nach unten.

„Wird erledigt." Ich versuche es lässig.

„Und dein Schwarm will ich sein."

„Ist auch zu machen."

„Und ein kitschiges Bild von mir wirst du in deiner Brieftasche haben."

„Ich hab keine."

„Wo willst du mich streicheln?"

„Am Nacken."

Kurze Küsse gibt es diesesmal erst, als sie schon wieder angezogen ist und wir beim Orangentee in der engen Küche sitzen. Ich beginne, ihren Plan zu begreifen.

Das dritte Treffen (noch kann ich jedes einzelne zählen) beginnt gleich in ihrer Wohnung und schon zwei Tage später. Sie hat nicht nur einen meiner Träume besucht. Im

Buchregal finde ich, während sie in der Küche hantiert, vergilbte Tornisterschriften der Wehrmacht und ein Buch über Deutsche Haltung. Kann sie eine von uns sein? Ist sie in meiner Nähe? Sie hat auch Camus, Buddha-Literatur und ein spanisches Kochbuch im Regal. Ich bin mir nicht sicher.

Das Spiel geht weiter. Dieses Mal sitzt sie fast eine Stunde am Kopfende des Bettes im Türkensitz. (Gibt es kein anderes Wort dafür?) Ich muß stehen. Sie hat keine Haare zwischen den Beinen. Dafür gibt es, hat der Gnu gesagt, nur zwei Gründe: Alter oder Läuse.

„Hast du dich rasiert?"

„Nicht für dich."

„Wozu?"

„Weil ich eine falsche Blonde bin."

„Na und?"

„Soll ich mich da unten auch kolorieren?"

„Warum überhaupt?"

„Ich bin gern blond. Blondinen werden für naiv gehalten."

„Von mir nicht."

„Ich will unterschätzt werden. Wo soll ich dich streicheln?"

„Nicht am Nacken."

Die Achselbehaarung hat die Eva auch beseitigt. Beim letzten Mal habe ich aber schon ein paar braune Härchen auf den hinteren Seiten ihrer Oberschenkel entdeckt. Schließlich darf ich sie auf ihrem Rücken berühren, zum Schluß auch vorne. Aus dem Gewand läßt sie mich nicht.

„Du bist bei der Propaganda", sagt sie nachher beim Essen.

Ich schweige überrascht.

„Der Minks hat es mir erzählt", erklärt sie.

„Den kennst du?“

„Der treibt sich immer noch bei uns auf der Universität herum. Es freut mich, daß du da dabei bist.“

„Kann ich mir nicht vorstellen. Die Propaganda ist Männersache.“

„Ich weiß“, sagt sie und versucht eine widerspenstige Erbse aufzuspießen. „Ich werde dir nicht schaden.“

Schon wieder fehlt mir das Verständnis. Habe ich sie gar nicht zufällig kennengelernt? Das Billard-Café war eine Gnu-Idee. Im nächsten Moment interessiert mich die Beantwortung der Frage nicht mehr.

Vor dem nächsten Treffen will ich auf dem geteerten Pissoir beim Wallensteinplatz auf alle Fälle eine Schachtel Präservative besorgen: ein unerwartetes Fiasko. Die erste Münze schluckt der Automat ohne Folgen. Als ich ihn nach dem zweiten Einwerfen mit der Faust bearbeite, spuckt er die Packung bis in die schwarze Pißrinne am Boden. Ich lasse sie dort, weil ich nicht einmal ein Papiertaschentuch habe, um sie anzugreifen. Die Münzen sind auch aus.

Eine fette Brillenträgerin, der ich ansehe, daß mir ihr Grinsen die Altersfrage stellen will, schiebt mir schließlich in einer schmalen Parfümerie eine Schachtel in ein neutrales Papiersäckchen.

Vierte Übung: nächstes Geduldsspiel. Ein Freitag. Die Eva hat sich die Lippen feuchtgeleckt und sitzt mit angezogenen Beinen auf einem Polster. Ich bin auch ausgezogen, muß aber auf meinem gewohnten Platz auf dem Bett bleiben.

„Herrschen beginnt mit Beherrschung“, sagt sie nach ewigem Schweigen. Ist das intelligent oder schwachsinnig? „Du kannst onanieren, wenn du magst.“

Ich spüre, wie mir das Blut in den Hals und ins Gesicht schießt.

„Vor dir?"

„Warum nicht? Ich will dir zuschauen."

Ich lehne verlegen und wortlos ab. Sie krabbelt näher, legt mir die eigene Hand auf und kehrt auf ihren Beobachtungsplatz zurück. Zuerst komme ich mir idiotisch vor, dann fange ich zögernd an. Die Eva betrachtet mich interessiert und mit halb geöffnetem Mund. Als ich den Atem anhalte, schüttelt sie warnend den Kopf.

„Das Bett ist frisch überzogen."

„Was soll ich machen?"

„Dich beherrschen, wie ich gesagt habe."

Sie hat es ernst gemeint. Ich lasse es mir gefallen, lege Pausen ein, halte mich hin. Für meine *Leistung* leckt sie mir nachher die Lippen und das Gesicht.

„Ich will mit dir schlafen", sage ich, halte ihre lappenlosen Ohren und schaue an ihr vorbei.

„Ich auch", sagt sie und zieht sich in ein helles Kofferkleid zurück. „Nächste Woche."

„Versprochen?"

„Ja."

„Und wirklich richtig?"

„Was meinst du?"

„Vielleicht fallen dir dabei auch *Übungen* ein."

Sie zeigt augenblicklich ein gereiztes Gesicht. Ich entschuldige mich.

Nach dem Wochenende, das mit Robben und Schießen in der Tullner Au verflogen ist, weiß ich, daß meine Vermutung nicht falsch war. Sie will sich auf mich draufsetzen, und ich soll mich nicht bewegen.

„Wer soll das aushalten?" protestiere ich.

„Du mußt."

„Ich will nicht."

„Ich nehme keine Pille", sagt sie, „und der heutige Tag ist extrem gefährlich." Bevor ich die Rede auf die schwitzend erstandene Schachtel in meiner Jacke bringen kann, sagt sie: „Und ein Gummi kommt nicht in Frage."

Ich akzeptiere, muß wieder akzeptieren. Das Training geht weiter. Ich stecke fast eine Stunde in ihr und bestarre ihr Gesicht und ihre Muttermale. Dazwischen denke ich an trostlose Hutgeschäfte, Autoreifen und an zerflossenes Tüteneis auf einem Gehsteig, um mich nicht zu blamieren.

Daheim, im versperrten Zimmer, habe ich nicht den Mut, das harmlose Eva-Foto zu *benützen*, das ich nur an den Kanten anzufassen wage. Ich konzentriere mich auf den freien Oberkörper der heutigen Seite-7-Frau der Kronen-Zeitung, die mich mit Jane-Fonda-Mund anlächelt. Sie hat ein angeblich buntes Mascherl im Haar und nennt sich Pia.

(Credo nach Minks.)
Wer hat uns verraten?
Dreimal dürft ihr raten.
Wer will nicht vergessen?
Merkt euch ihre Fressen.
Wir werken und denken unter Tage.
Wir kommen wieder – keine Frage.

(Jetzt.)

Große Empörung im Mezzanin-Büro. John Demjanjuk, den die internationalen Fanatiker Iwan den Schrecklichen nennen, ist von Israel zum Tod verurteilt worden. Damit haben wir alle gerechnet. Die Lüge der Israelis, die Lüge der Alliierten muß um jeden Preis weiterleben. Versailles und St.-Germain waren ja noch lang nicht genug.

„Die wollen uns auf 100 Jahre eintunken“, sage ich.

„1000 Jahre“, sagt der Gnu.

Wir reagieren, wir setzen ein Zeichen. Das steht schnell fest. Gegen die israelischen Stellen in Wien kann man nichts machen. Die Synagoge im ersten Bezirk muß man auch vergessen. Die wird streng bewacht.

„Die Lage im zweiten Bezirk wird ausgekundschaftet“, bestimmt der Minks Walter.

„Zu Fuß?“

„Mit dem Kraftwagen“, sagt der Minks. Das Wort Auto kommt ihm nicht über die Lippen.

Ich bin dabei: auf dem Rücksitz des uralten BMW, den der Minks selber komplett restauriert hat. Er erzählt immer wieder, daß Hitler auch am liebsten mit genau dieser Type gefahren ist. Wir überqueren bei der Urania den Donaukanal, verlassen beim Nestroyplatz die Praterstraße. Beim Eingang zum kleinen Judentempel und zur Wohnung des Rabbiners Nadel, der uns schon mit einigen Kommentaren aufgefallen ist, patrouilliert ein Polizist in leichter Uniform; nur ein gewöhnlicher Beamter mit Funkgerät, kein Ranger-Typ.

„Der wird uns nicht hindern können“, sagt der Walter. Er will einen präparierten Klein-Lieferwagen gegenüber der Einfahrt abstellen lassen. Dagegen wäre jede der bisherigen Aktionen nur leeres Spiel gewesen. Unser erster echter Anschlag.

„Und der Polizist?“ fragt der Gnu.

„Der wird den Nadel, wenn er Pech hat, in den Himmel oder die nächste Welt begleiten.“

„Gefällt mir nicht.“

„Jeder geht freiwillig zur Polizei.“

„Aber der steht nicht freiwillig da.“

„Von mir aus", beruhigt ihn der Walter. „Lenken wir ihn eben ab und bringen ihn dadurch in Sicherheit."

„Wie?" sage ich.

„Mit einem Weib."

Der Erwin, der unser Fachmann für Sprengstoffe und Zündmechanismen ist, sieht kein großes Problem. Er macht sich in einem Taschenkalender der Creditanstalt Notizen. Der Walter parkt das Auto beim Diana-Bad ein und dreht sich zum Erwin um.

„Hat der Nadel eine Chance?"

„Nur, wenn er ein Wunderrabbi ist."

Wir besorgen uns bei einem Imbiß ein paar Leberkässemmeln. In der Abenddämmerung sind wir dann in der fast leeren Sperlgasse auf dem Rückweg zum Wagen. Vor uns geht ein *vergessener* Orthodoxer mit schwarzen Schuhen: zugegeben der erste, der mir leibhaftig über den Weg läuft. Er trägt eine Waschpulverschachtel und hat uns noch nicht bemerkt.

„Was ist schlimmer als ein Jud?" fragt der Erwin und antwortet gleich selbst. „Ein alter Jud."

„Und wie erkennt man so ein altes Tier in der Nacht?" sagt der Walter. Der Routinier sieht die Gelegenheit.

„Am Gestank", antwortet der Gnu schnell.

„Und am Geraschel vom Gewand", sagt der Walter.

Der Jude entdeckt uns jetzt doch und will davonwieseln. Zu spät. Der Gnu erwischt einen Ärmel.

„Haben Sie Feuer?"

„Ich rauche nicht. Tut mir leid."

„Aber vielleicht haben Sie ein paar koschere Zigaretten für die arbeitslose Jugend?" Der Gnu blickt sich beifallsheischend um. Die Stimmung paßt. Absolut. Ich gehöre dazu. Ich kenne mich aus. Ich bin schon längst wir.

„Oder ein paar Schekel fürs Essen?“ fällt mir ein. Ich will nicht zurückstehen.

Der Mann im Kaftan reißt sich los.

„Lassen Sie mich in Frieden!“

„Frieden ist kein deutsches Wort“, belehrt ihn der Walter mit entsichert baumelnden Armen.

Der Erwin führt den ersten, ansatzlosen Stoß. Der Mann prallt mit seinem rechten Pferdeohr gegen die gekalkte Hausmauer. Mein Beitrag ist ein Tritt gegen den rechten Knöchel. Der Puls tickt über meinen Wangen. Gegen die jähe Verhärtung in meiner Unterhose kann ich mich nicht wehren. Der Walter treibt den Gegner über das Trottoir und versetzt ihm einen Faustschlag in den Bauch. Unser Gegner wankt.

„Der Feigling hat eingeatmet und die Bauchmuskeln gespannt“, stellt der Walter sachlich fest, „damit er nichts spürt.“

Nach zwei weiteren Schlägen sinkt das *Opfer unbekannt* an einem parkenden Mazda Richtung Asphalt und fängt sich noch ein paar Tritte ein. Wie wird er in den Polizeinotizen und in den Zeitungen heißen?

„Ausgeraschelt“, sagt der Erwin.

Der Walter fotografiert das *Ergebnis* mit der klappbaren Sofortkamera. Der Alte bleibt wimmernd zurück, während der Erwin das nächste Ziel nennt: Eissalon Schwedenplatz. Jetzt überschreiten wir zu Fuß den Donaukanal. In der Luft sind krächzende Mauersegler. Der Denkzettel war eine leichte Sache, eine beim Schopf gepackte Gelegenheit. Der Erwin nennt es sogar *saubere Arbeit*. Niemand hat uns beobachtet.

Im Eissalon empfiehlt der Walter Heidelbeereis, weil es unserer Farbe am nächsten kommt. Aus den Lautsprechern knistert ein leiser Tango. Ich nehme nur ein kleines Bechereis und verabschiede mich.

Noch ein erotischer Termin?“ vermutet der Walter. Ich nicke sofort.

Ich komme am Hotel LAMM vorbei. Vor den Schwingtüren steht auf der Stufe eine wuchtige Frau mit Perücke und Bierbauch. Sie mustert mich beim Näherkommen. Eine schwierige Stadt.

„Moment“, sagt sie, steigt direkt vor mir herunter auf das Trottoir und bringt mich wirklich zum Stehen. Ich habe keinen Namen für ihren grellen Geruch, der nur den Schweiß verdecken will. Sie zeigt mit dem Daumen hinter sich. „Du wirst es vielleicht nicht glauben, aber im ersten Stock gibt's hübsche Zimmer.“

„Ich wohne noch daheim“, behaupte ich und schwindle mich vorbei.

„Und Kinderkarten gibt's bei mir auch!“ lacht sie mir nach. „Im Abonnement bin ich überhaupt fast geschenkt!“

Ich drehe mich noch einmal um: „Das letzte Taschengeld ist schon verfressen.“

Als sie merkt, daß sie mich nicht in ihr parfümiertes Bett locken kann, holt sie noch einmal aus: „Hosenscheißer!“

Was zieht mich in die Sperlgasse? Die Folgen der plötzlichen Operation? Eigene Schritte? Will ich nur wissen, ob der gestürzte Vogel abgeholt worden ist? Der Henker als Lebensretter? Kein Mensch ist zu sehen, als ich um die Ecke biege. Nur ein gestreifter Kater.

Der Alte liegt praktisch unverändert und lautlos da, aber er ist komplett bei Bewußtsein. Er blickt mich leuchtend an, als ich ihn hochheben will. Aus seinem Mund weht mich Knoblauch an. Ich weiß, daß er mich wiedererkennt. In seinen Augen ist kein bißchen Wut. Was ist es dann?

Trotz? Mut?

„War es nicht genug?“ sagt das blutige Gesicht. Das kleine Gerippe macht sich absichtlich schwer. „Was ist jetzt ausgebrochen? Toleranz? Mitleid? Gewissen? Lassen Sie mich liegen.“

„Wollen Sie sich nicht helfen lassen?“

„Nein.“

„Liegt anscheinend an mir.“ Ich wechsle die Anrede. „Du verdienst gar kein Mitleid.“

„Ich will keines.“ Sturer Fall. Er dreht den Kopf mit den vom Blut verklebten Haaren weg. „Mein Bein ist gebrochen.“

Bis jetzt sind nur zwei zufällige Passanten vorbeigekommen. Sie haben ihm nicht geholfen. Sie haben ihn für einen Betrunkenen gehalten und gleich noch einmal mit den Füßen traktiert. Ich werde ihm die Rettung rufen. Die Polizei kommt von selbst. Kein Gesang mehr im Herz. Ich muß nicht hingreifen, um zu wissen, daß jetzt nur ein Kinderschwänzchen in meiner Hose ist.

(Antwort.)

Und wieder einmal hat die *schweigende Mehrheit* Österreichs einen Leserbrief geschrieben. Diesesmal heißt sie Weninger und mit dem Vornamen Gottfried. Der argumentative Käse, der da in die Redaktion gerollt wird, ist so alt, daß er nicht einmal mehr zum Himmel stinkt.

Fürchterlich ist allerdings der Ton: das maßlos Pauschalierende und die Formulierung *künstlerischer Hochverrat*: ein Signal zur baldigen Treibjagd. Wie wäre es denn, Herr Landtagsabgeordneter, mit einer kleinen Bücherverbrennung beim nächsten Sonnwendfeuer? Am besten gleich im niederösterreichischen Landhaus. Aber Sie sind ja gar nicht für Zensur, da wollen Sie nicht mißverstanden werden. Nur veröffentlichen sollen die Beschmutzer nichts dürfen.

Dabei gibt es keine österreichischen Künstler, die einen prinzipiellen Haß auf Österreich haben! Nur solche, die Angst haben um Österreich, das von derart selbstherrlichen, frechen Schwadroneuren wie Weninger repräsentiert wird. Muß der Homo politicus unbedingt ein Homo rudis sein, der verbal Amok läuft? Oder ist der Leserbrief schon als Kulturpolitik der neuen Art zu verstehen?

Ich habe keine Ahnung, ob die genannten Künstler und Literaten aus Steuergeldern finanziert werden, sicher bin ich mir nur, daß der kläffende Landtagsabgeordnete mit Steuermitteln ausgehalten wird. Gespannt bin ich, ob einem einzigen der politischen Freunde Weningers etwas zu dieser penetranten Fäkalie, um in seiner aufgeregten Diktion zu bleiben, öffentlich einfällt.

PS: Es schadet nichts, wenn man das eigene Hirn immer wieder unter Dampf setzt, aber muß es unbedingt patriidiotischer Qualm sein?

Gerhard Jakostra
akademischer Maler

Hauptstraße 56
Knet

(Fleißaufgaben.)

Wir fabrizieren Leserbriefe an die großen Tageszeitungen. Motto: Das Antifaschismus-Denkmal auf dem Albertinaplatz muß verhindert werden. Mir ist das eher lästige Pflicht.

„Schreibarbeit gehört dazu“, doziert der Walter.

Er sieht schon den ersten Erfolg. Die Kronen-Zeitung macht die Kampagne eifrig mit und spielt sich inzwischen sogar wie ihr Erfinder auf.

„Kann uns nur recht sein“, sagt der Gnu.

Mit richtigen Adressen aus dem Telefonbuch, aber veränderten Vornamen gehen die Forderungen von verschiedenen Briefkästen auf die Reise. Ich beschwere mich als Dr. Erich Kramar, daß für den scheußlichen Hrdlicka-Steinhaufen sechs Millionen zum Fenster hinausgeschmissen werden, während wirkliche Kulturdenkmäler verkommen.

Der Erwin drückt auf die Tränen. Mit zittriger Hand vermerkt er, daß unter dem Rasen des Albertinaplatzes noch zirka 300 Bombenopfer aus dem Weltkrieg liegen. Für das riesige Denkmal müßten ja Probebohrungen durchgeführt werden. Niemand habe das Recht, in diesem Friedhof herumzugraben und die verdiente Totenruhe zu stören.

Der Gnu gibt sich als gestandener Antifaschist aus und faßt sich auf einer Postkarte kurz. Das Mahnmal gehört unbedingt nach Mauthausen, fordert er als Viktor Goldmann. Mitten ins Konzentrationslager.

„Du spinnst“, meint der Erwin.

„Gar nicht“, sagt der Gnu. „Zuerst wird es mit großem Tamtam hingebracht.“

„Und dann?“

„Wird Mauthausen zugeschissen.“

„Mauthausen ist für das Denkmal auf jeden Fall am besten geeignet“, mischt sich der Walter ein. Seine Schlußfolgerung hat Hand und Fuß. „Da kommt kein normaler Mensch hin. Nur die Antifaschismus-Touristen. Denen kann es nicht schaden, wenn sie kriegen, was sie wollen.“

Die letzte Postaktion ist entschieden mehr nach meinem Geschmack gewesen. Die anonyme, mehrfache Ankündigung, Orangen und Grapefruits aus Israel seien vergiftet, zieht ja jedes Jahr wieder .

(Lyrik klassisch.)
In allen Börsensälen ist Ruh,
von den Kindern Israels findest du
kaum einen Hauch.
Da drüben noch einige Schreier,
aber warte nur, Abraham Meyer,
bald ruhest du auch.

Der überfallene Jude, der auf den Namen Markus Schwartz hört, ist unbestimmten Grades verletzt und hat den Mund doch nicht halten können. Im Wiener Kurier, der in dem Überfall gleich die mögliche Ouvertüre zu einer Gewaltwelle vermuten muß, verkündet Schwartz groß, daß einer der Attentäter zurückgekehrt sei und ihm offensichtlich helfen wollte. Das hat er mit schmutziger Absicht gemacht. Garantiert. So einem kann man wirklich nicht den kleinsten Finger reichen.

Die anderen sind nachher zusammengeblieben, die müssen auf mich kommen, wenn sie das lesen. Und sie werden es bestimmt lesen.

(Alois Führer, 64, Major der Gendarmerie:)

Die Jugendlichen verpesten systematisch das Hinterzimmer vom Café. Was soll ich machen? Der Drexler läßt sich das bieten, und die Jugendlichen müssen es ja vor allem selber wieder inhalieren. Mir sind sie ohne Ausnahme zu ignorant. Wenn ich ohne Uniform ins Lokal komme, erkennen sie mich nicht und reißen ihre Späßchen über die unfähige Exekutive. Jeder hat ein lautes, elendes Geschichtchen auf Lager. Und wenn ich ihnen sage, sie sollen die Zigarettenstummel in den Aschenbecher und nicht auf den Boden werfen, schauen sie mich nur blöd an. Schlecht sind sie nicht. Ein paar rechtzeitige, therapeutische Ohrfeigen sind leider versäumt worden.

Vordermann

Und die Bracken und die bellen,
und die Büchse und die knallt,
rote Hirsche wolln wir jagen
in dem grünen, grünen Wald.
Hermann Löns

Der Zeitungsartikel liegt, wie ich es befürchtet habe, im Propaganda-Lokal vorbereitet und aufgeschlagen auf dem großen Tisch.

„Was sagst du dazu?" fragt einer aus dem noch gesichtslosen Ameisenhaufen.

Ich zeige mich ahnungslos, behaupte, den Artikel eben erst zu sehen und täusche den Lesenden vor. Der Walter beobachtet mich von der Seite.

„Der Hund will uns gegeneinander ausspielen", vermute ich, als ich die Zeitung weggelegt habe.

„Glaube ich auch", sagt der Walter, der auf mich nicht mißtrauisch wirkt. Er zieht sich aber bald ohne Ankündigung mit Erwin in das Mezzanin zurück: Nachfolgen unerwünscht. Der Gnu faßt mich an der linken Schulter.

„Bedeutet das was?“

Ich zucke die Achseln.

„Wahrscheinlich nur, daß es heute oder morgen beim Nadel ohne uns knallen wird.“

„Gemeinheit.“

„Wir werden trotzdem genug davon sehen.“

„Da?“ sagt der Gnu bitter und zeigt auf den Fernsehschirm, auf dem ein professioneller Lebenshelfer und Sprecher-Amateur ungewollt als Pantomime agieren muß. „Nur hinterher, wenn alles vorbei ist.“

„Der Chef nimmt die Kamera bestimmt mit.“

Der Gedanke blitzt deutlich über das gebräunte Gnu-Gesicht, hält sich dort aber nur ein paar Sekunden. Der Gnu findet den Fototick vom Walter die längste Zeit schon nur leichtsinnig und gefährlich.

„Irgendwann kommen die Bilder in falsche Hände“, ist er sicher, „und wir sind aufgeschmissen.“

„Die sind gut versteckt.“

„Kein Versteck ist gut genug“, sagt der Gnu.

(Gebet.)

Heil Präsident, der du bist die Stimmungskanone, auf die wir lange gewartet haben. Du bist vielleicht kein Nazi gewesen, zumindest kein großer, nur emsiger Mitläufer und Karrierist. Ich kann dich nicht mehr sehen. Mir suggerierst du nicht deine Notwendigkeit, denn ich hasse Karikaturen, die zu leben vorgeben. Aber nur uns wird und kann deine Lage helfen, und du weißt das. Die Kleinlauten und die erwartungsvollen Herzen an den Stammtischen melden sich zurück zu den Worten. Du bist nicht einmal ein mieser Führer, du bist gar keiner, nur Geschichtsabfall schon in Bälde. Komm nicht über uns, aber bleib uns noch ein bißchen erhalten. Amen.

(Minks-Sätze.)

Was nützt uns? Der lange Kurti – sicherlich. Jeder einzelne Angriff. Die österreichische Geduld, die nur redet, selten handelt. Die Kronen-Zeitung, deren mutigste Männer in dem süßen Brei rühren. Die mehrwerdenden Gärten und Gärtchen; auch wenn sie nur auf dem Blechsims und so breit wie ein Wohnungsfenster sind. Der Wiesenthal, der ein ganzes Land bevormunden will, weil er ein Mörder ist und außerdem häßlich. Die Juden ganz allgemein, die, blöd wie sie sind, aus dem Waldheim machen, was er nicht ist. Herzlichen Dank, Herr Singer. Herzlichen Dank, Herr Bronfmann. Und den Chivas heute bitte ohne Eis.

(Erziehung; Fortsetzung.)

Der beabsichtigte Umweg endet beim LAMM und der runden Gestalt, die ich schon von weitem erkenne. Auf den letzten Schritten verläßt mich der eingeredete Mut, und ich will flott vorbei. Sie läßt mich nicht vorbei.

„Hast du dein Sparschwein gefunden?“ sagt sie. Ihre Zähne lächeln mich gelb an.

„Kennen wir uns?“

„Ich hab das beste Gedächtnis der Welt“, verkündet sie im heute grünen Kleid und nimmt mein Kinn zwischen Zeigefinger und Daumen. Sofort laufe ich unaufhaltbar an. Die Frau sagt mitleidig in mein Radieschengesicht: „Oje“. Und gleich darauf: „Ich bin für 200 zu haben, das Zimmer kriegst du ausnahmsweise umsonst.“

Wenigstens hat sie mir die Fragerei erspart. Ich hole die fast gebügelten Zwanzig-Schilling-Scheine nach und nach aus der hinteren Hosentasche.

„Feingold ist besser als kein Gold“, sagt sie und läßt ein Baß-Kichern hören. Mit dem Satz kann sie mich nicht beeindrucken. Das Dagobert-Zitat kenne ich schon.

„Ich bin die Maria“, behauptet sie auf den knarrenden Stufen im Hotel-Dunkel vor mir. „Und du?“

„Der Harald.“ Mir fällt kein Grund ein, warum ich mich in ihrer Deodorant-Wolke nicht beim eigenen Namen nenne. Weil alle Prostituierten in Wien Maria heißen? Auch eine Weisheit, die auf Gnu-Mist gewachsen ist.

„Schöner Name“, findet sie. „Apropos. Warum hast du dir nicht lieber was Schöneres und Jüngeres im Stuwerviertel ausgesucht?“

Ich gebe keine Antwort. Geht es sie was an, warum die Wahl keineswegs zufällig auf sie gefallen ist? Sie wird bestimmt keine Konkurrenz zur Eva sein können.

Die angebliche Maria schiebt mich ins Zimmer und riegelt hinter uns ab. Sie läßt sich schnaufend auf das Bett sinken, das mit einem löchrigen Leintuch bespannt ist. Ich beginne mich automatisch auszuziehen, fange mit dem Hemd an.

„Nicht so schnell“, sagt sie und steckt sich eine *Milde Sorte* in den Mund. „Und nicht so viel. Genügt, wenn du die Hosen zu den Knöcheln fallen läßt.“

Als sie mein verzweifeltes Gesicht entdeckt, legt sie die Zigarette weg, deren Rauch weiter durchs Zimmer zum Fenster schwimmt.

„Ist der kleine Mann womöglich noch Jungfrau?“

„Sozusagen.“

„Verdammt“, sagt sie, heiser wie die Synchronstimme

von Clint Eastwood, um gleich wieder ins Grinsen zu flüchten. „So viel Glück kann man haben?"

Sie kommt jetzt umständlich aus ihrem Gewand und gibt mir ein stummes Zeichen, daß ich mich doch ganz ausziehen darf. Ihre Haut ist feucht und kalt, als sie an mir vorbei zum Haken neben der Waschmuschel schreitet. Sie hängt ihr Kleid und die (trotz Spitzen) reizlose Unterwäsche hin. Dann besteigt sie das stöhnende Bett und dreht sich auf den Rücken. Der unbewegliche Käfer winkt mich heran. Ich zögere. Sie spuckt in die rechte Hand und klatscht zwischen ihre Beinsäulen.

„Aufauf!"

Nie hätte ich in diesen Scheißfilm geraten dürfen. Die kindischsten Vorstellungen habe ich von der Situation hier gehabt. Wie habe ich mir um 200 Schilling ein stundenlanges Wühlen und Wälzen unter frischen Tuchenten einbilden können? Ich rutsche mit den Knien vorsichtig auf das Bett. Hoffentlich will sie mich nicht küssen.

Ihre Krallenhand greift nach mir, zupft mich zurecht. Als sie mir den Socken, der in ihrer linken Hand gelauert hat, aufrollen will, passiert es bei mir schon. Genau das habe ich befürchtet und wie ein Kaninchen an nichts anderes gedacht.

„Schwein", sagt sie laut, verläßt ächzend das Bett und wäscht sich ausdauernd die Hände mit kaltem Wasser. Sie kehrt nicht mehr zurück.

Ohne mich anzuschauen, findet sie in ihre schwarze Riesenwäsche, das Kleid und die Weste. Bevor sie aus dem Zimmer eilt, sagt sie mit funkelnden Augen: „Du kannst dich schon wieder anziehen."

Ich lasse mir Zeit. An sich bin ich ja nur hergekommen, um nachher bei der Eva den möglichen Anforderungen an meine Zurückhaltung gewachsen zu sein. Der Zweck ist immerhin erfüllt. Hätte ich billiger haben können.

Am kleinen Empfang vorbei will ich mich ins Freie stehlen. Der Portier reißt grüßend den Hut vom Kopf und blickt aus seinem Landserheft nicht hoch. Die Frau redet auf einen nicht sehr jungen Schmächtigen mit Knebelbart ein. An mich verliert sie keinen Blick mehr.

Nach ein paar Schritten stellt sich die nächste Angst ein. Wird die Eva ahnen, wo ich gewesen bin? Was könnte mich verraten? Ich versuche in meine Achseln zu riechen und schnuppere an jedem einzelnen Finger.

Die Eva empfängt mich mit Zöpfen und bleibt die erste halbe Stunde wieder außer Griffweite. Sie glaubt rechtfertigen zu müssen, warum ich sie immer noch nicht ganz haben kann. Sie sagt Wahnsinnssachen auf wie: „Wenn in der Liebe nichts mehr zu erhoffen ist, bedeutet das Erschöpfung." Und: „Glück ist ein anderes Wort für Müdigkeit." Wo hat sie den Schrott her? Auch auf ihr *Katz-und-Maus* hätte ich mich nie einlassen dürfen. Sie will, daß ich bereit bin, nicht müde. Weiß sie, daß *bereit* eines der Worte ist, auf das wir schwören?

Heute soll ich mit ihr ein billiges Gasthaus ihrer Wahl aufsuchen. Sie will keinen Slip unter dem Faltenrock anhaben, auch nicht ihre schneeweiße Strumpfhose.

„Das wird dir gefallen", ist sie überzeugt.

„Ich hab kein Geld", sage ich. Gelogen ist das ja nicht.

Sie übernimmt das Zahlen. Und mir gefällt das Manöver nicht, obwohl ich ihr mit Haut und Haaren verfallen bin. Wenigstens. Dieses Mal hat sie sich verschätzt. Was soll mir daran gefallen, daß sie ohne Unterbekleidung zwischen ahnungslosen Trinkern und weit weg von mir und meinem kleinen Gulasch sitzt? Beiläufig erzählt sie, daß der Walter nachgefragt hat, ob ich vorgestern bei ihr gewesen bin.

Im unbeleuchteten Stiegenhaus erlebe ich doch eine Überraschung. Ich darf mich mit dem Mund im Schneckentempo ihre Schenkel hocharbeiten und stoße wieder auf *ihren* Pfefferminzgeschmack.

„Hoffentlich kommt jemand“, sagt sie plötzlich.

> (Acht Sätze über den Vater.)
> Im Restaurant ißt er prinzipiell alles auf, was er bezahlen muß. Sein Gebiß ist reformbedürftig, sagt die Dentistin. Die Unordnung der Teppichfransen im Wohnzimmer macht ihm Stechschmerzen. Wer aus einer Wohnung mit zwölf Fenstern blicken kann, muß trotzdem nichts sehen. Er glaubt die hingesagten Lügen des unaufhörlichen Söhnchens, die seine Einmischung vertagen wollen. Untertags ißt er viermal Blütenpollen. Sein Herz explodiert noch eines Tages für *seine* zum Stillstand gekommene Bewegung. Ich weiß, daß er unglücklich weiterstirbt.

(Ökonomie.)

„Klein, braun, rasch!“ sagt der Gnu zackig.

Der Drexler versteht die Bestellung. Nach einer Minute bringt er den kleinen braunen Kaffee zum Tisch, hält die Hand auf und hat schon gelernt. Er bellt: „Zwölf, bar, gleich!“

Für ihren ersten Auftritt im zweiten Bezirk verzichtet Eva Kaltenbeck, 20, auf ihren sonst unvermeidlichen Faltenrock. Mit ungewohnt hohen Stöckeln nähert sie sich dem Polizeibeamten, der lustlos bei der angegebenen Einfahrt steht. Der Minirock und die vorgetäuschte Kurzsichtigkeit verfehlen ihre Wirkung nicht. Dem Beamten, der noch zwei Stunden in der Gasse vor sich hat, fallen zwar nicht die Augen aus dem Kopf, aber er zerfließt in Freundlichkeit.

Walter Minks Prognose stimmt: *Die Polizei – dein Freund und Helfer.* Die hilflos gestellte Frage nach dem Weg zur Fruchtgasse, während Eva Kaltenbeck weitertrippelt, bringt den Polizisten lang genug von der Einfahrt weg. Er registriert nicht den Lieferwagen, der anrollt und hält, er drängt auf einen raschen Termin für ein Rendezvous. Den erhält er.

Eigentlich müßte er die Autonummer jedes neu parkenden Fahrzeugs sofort durchgeben und überprüfen lassen. Jetzt begleitet sein Blick nur die weißen Beine, die zur nächsten Ecke unterwegs sind und schließlich abbiegen. Seine Gedanken sind mehr als beschäftigt.

Im *Aida*-Café trinkt Eva Kaltenbeck ihre Melange im Stehen, weil sie sich mit dem kurzen Rock nicht hinsetzen will.

„Perfekt", lobt Walter Minks und klopft ihr fast zärtlich auf die rechte Schulter.

(Status.)

Ich bin nicht arbeitslos, aber ich hab keine Arbeit. Das Geld reicht noch eine Weile. Es ist aus der Schulzeit, als ich die ganzen Ferien bei der Post und bei einem Kopierservice arbeiten war. Ich hab das Geld nicht für Kreuz-und-quer-Reisen durch Europa verschleudert. Das Arbeitsamt wird mich verläßlich von akzeptablen Möglichkeiten informieren, erzähle ich daheim. Die Mutter mit Nivea-Tupfen im Gesicht nimmt mir das ab. Der Vater fragt noch nicht nach. Die Großmutter glaubt mir kein Wort und steckt mir trotzdem Geld zu. Die einzige andere Geldquelle bleibt der graue Gendarm. Die Gemüsehändlerin führt ihr Kind mit dem großen Kopf selber spazieren.

(Was weiß ich?)
Die einzigen Fächer, in denen es nie Probleme gegeben hat, waren Turnen, Musik und Geschichte. Ich lerne aus dem täglichen Gespräch, der täglichen Lektüre. Der Walter ist überzeugend und, wenn es sein muß, geduldig. Im Mezzanin, das den Verläßlichen vorbehalten ist, sind die Bücher und Zeitungen, die ich ständig und mehr als die anderen nutze. Ich lasse mir nichts von bürgerlichen Leitartikeln und fetten Politikern einreden. Wer die Originalfahnen im Festsaal der *Burg* gesehen hat und nicht begreift, daß bei uns Weg und Ziel stimmen, dem ist nicht zu helfen. DIE WELT IST KEIN WIRRWARR!

(Intermezzo.)
Wie ist der Zeitungshinweis, daß ein Informationsstand bei der Albertina aufgestellt wird, zu verstehen? Anscheinend will die Stadtverwaltung und ihr blindes Gefolge alle Bedenken ignorieren. Wir kommen.

Der Walter, der Gnu, ich und andere Kameraden marschieren von der U-Bahn-Station Karlsplatz an der Oper vorbei. Der Informationstisch ist Realität. Eine Rothaarige und eine Mischlingsfrau, beide in Schwarz, und ein älterer, brauner Vollbart bewachen ihr Material, das sie ordentlich auf zwei langen Tischen aufgelegt haben.

Die Weiber pöbeln Passanten an, um Unterschriften für

das Denkmal einzusammeln. Mir hält der kleine Mischling ein Holzpapier hin.

„Ich kann nicht schreiben“, bedauere ich und warte ab, was der Walter unternimmt. Der gibt sich mit den Weibern nicht ab, stürzt sich gleich auf den Vollbart.

„Warum soll der Krempel unbedingt da hinkommen, wo die Touristen herumrennen?“

„Weil die sehen sollen, daß es uns ernst ist.“

Der Vollbart dürfte kein ganz heller Kopf sein. Das Wort Krempel irritiert ihn nicht einmal.

„Wer ist uns?“

„Die Österreicher.“

„Kenn ich nicht.“

„Auf den Morzinplatz gehört so was“, meint ein Passant. Er ist nicht von uns.

„Nein“, fällt ihm der Walter ins Wort. „Nach Kärnten gehört das Zeug. In den tiefsten Wörther See.“

„Ich hab keine Antenne für deine Blödheiten“, erwidert der Vollbart und wendet sich arrogant ab. Der Walter holt ihn an der Schulter zu sich .

„Und du schaust mich an!“

Die Weiber begreifen, daß ihre Tische samt Flugblättern und Listen in Gefahr sind. Die Rothaarige kann der Gnu an den Haaren zurückhalten. Das gemixte Weib erwischt ein anderer beim Kragen und hat plötzlich die Bluse in der Hand. Sie hat dürre, lange Brüste.

„Andere Länder, andere Titten!“ brüllt der Walter und erntet auch bei den deutsch sprechenden Passanten amüsierte Gesichter.

Der Mischling will davon, fängt sich aber zwischen den abwartenden Fiakerkutschern, die die Ereignisse bisher teilnahmslos beäugt haben.

Der Walter läßt den Vollbart vorläufig nicht los.

„Da ist ein Friedhof drunter!“ Der Walter wird eindringlicher und streckt den freien Arm zum kleinen Park, der verschandelt werden soll.

„Jaja“, sagt der Vollbart mit schmalen Augen. Er schmatzt in der Angst unwillkürlich. „Braucht ihr einen Vorwand?“

„Wenn *wir* uns gelegentlich einen Friedhof vornehmen, wie heißt das dann in eurer Diktion?“

„Schändung.“

„Genau“, triumphiert der Walter. „Ihr kennt immer nur zweierlei Maß!“

„Faschist!“ zischt der Vollbart und handelt sich eine schallende Ohrfeige ein.

„Wenigstens kennt er meinen Namen.“ In wenigen Minuten der dritte Walter-Satz, der wie angegossen sitzt. Ich bewundere ihn. Ich muß aus Worten mit Gewalt Sätze hämmern. Der Walter hämmert, was gilt.

Der Stand ist jetzt in einer Minute demoliert, die Flugblätter werden zerstreut und zerrissen. Der Vollbart wird hysterisch und präziser: „Arschlöcher!“

Beim Eingang zur U-Bahn ist schon wieder alles Idylle: Ein muskulöser Gringo hat sein Ohr am violetten Taschenradio. Er hat das Regionalprogramm gefunden. Der beschwingte oder beschwipste Sprecher sagt ein launiges Intermezzo an. Wir treiben in Reihen durch die Schächte der U-Bahn, in der Hoffnung auf wenigstens eine Provokation.

Schluß mit dem schlechten Gewissen. Mit einem halben Traum ist der Jude, der im Allgemeinen Krankenhaus den Schwerverletzten markiert, abgehakt und ausgestanden:

Ich sehe ihn mit schmierigem Lächeln und bunten Kinderrasseln; dann schreiend ohne Augenlider im Leukoplastverband. Meine überstürzte Flucht endet am Fuß einer blechernen Wendeltreppe. Ein gefleckt Uniformierter hält mich auf und sagt: Wohin soll man flüchten? In die Melancholie? In die Krankheit?

Noch im Halbschlaf (von der ersten Sekunde des Aufwachens an) bin ich wieder in Haltung. Ich schrecke nicht mehr zurück. Nie wieder. Am liebsten würde ich im Krankenhaus auftauchen und dem Alten, dessen Nähe mich ins Schwanken gebracht hat, die Meinung sagen. Gewalt ist keine Taktik. Unsere Bühne heißt Wien, das Stück heißt Blut.

Im NOBODY riecht es an diesem Mittwoch nach Sauerkraut, Senf und Bier.

„Alles in jüdischer Hand", sagt Helmut Trattner, der den letzten, entscheidenden Stich vor der Spielpause macht und einstreift.

„Dich erschlagen die Karten", jammert der Postenkommandant. Er greift entschlossen nach seinem Besteck und dem Teller mit dem Bauernschmaus. Der Fleischhauer betrachtet die Fleischstücke auf jedem Teller mit Mißtrauen, weil sie nicht bei ihm gekauft worden sind.

Trattner lehnt sich zurück, ruckt geräuschvoll am Aschenbecher und nimmt den mehrfachen Abgeordneten, den er aus der Ruhe bringen will, ins Visier.

„Wie gefällt dir der Leserbrief vom Jakostra?"

„Gar nicht", knurrt Weninger.

Der Abgeordnete staunt, weil hier einer seine gedruckte Auseinandersetzung kennt, die er lieber verheimlichen will. Der Maler Jakostra, Anfang 40, wohnt seit fünf Jahren in Knet. Früher hat er Bilder restauriert. Inzwischen hat er einen ganz guten Namen als Karikaturist.

Weninger hat vom Parteivorstand flinke und laue Unterstützung erhalten. Für den Kultur-Brief *und* den Artikel im Gemeindeblatt. Trotzdem wird er das Gefühl nicht los, zwischen den Sesseln zu sitzen. Lothar Altmanns Lokalblatt nennt den Kniefall des Amtsblatts vor der nichtswürdigen *Historikerei*: Wiener Krokodilstränen.

„Was soll man mit einem wie dem Jakostra machen?“ fragt sich der Politiker laut selber und die anderen mit.

„Ein Denkzettel wäre fällig“, antwortet Trattner.

„Das hab ich nicht gehört“, sagt Weninger.

„Ich auch nicht“, ergänzt der Gendarm und trinkt den Saft vom Teller.

„So einer will ja nicht denken“, sagt der Abgeordnete und schlägt mit der Spitze des rechten Mittelfingers zwischen den Tellern auf die Tischplatte.

„Wer veröffentlicht denn den gezeichneten Dreck Woche für Woche? Eure *unabhängigen* Magazine!“ Der Lehrer hat noch genug Munition. „Von was sind die unabhängig? Nur vom guten Geschmack? Wo hat der Jakostra sein Geld her für die Millionenvilla und den halben Weinberg?“ Jetzt singt der Lehrer sogar ein paar Takte: „Die Dummheit ist ein seltsames Spiel.“

Der Fleischhauer hält sich heraus und weicht durch die quietschende Harmonikatür aufs Klo aus. Der Jakostra kauft bei ihm regelmäßig ein. Und nicht nur Hundefutter.

„Vielleicht klage ich ihn“, überlegt der Schädel des Abgeordneten. „Mein Rechtsschutz prüft das gerade.“

„Was heißt Rechtsschutz?“ schießt Trattner weiter. „Das Gegenteil von Linksschutz? Die werden zuwarten und dir nur abraten.“

„Ich mache ihm schon noch Schwierigkeiten“, verspricht Weninger und zerrt am engen Hemdkragen.

„Wie denn?“

„Ich hab mir die Grundbuchauszüge vom Jakostra angeschaut. Da sind genug Vorschriften nicht beachtet worden. Der kommt mir nicht davon.“

„Und deine Parteiblätter werden die ersten sein“, prophezeit Trattner, „die ihn vor *der* Willkür in Schutz nehmen.“

Im nächsten Augenblick verschlägt es dem Hauptschullehrer die Rede. Der besprochene Karikaturist betritt durch die klingelnde Tür das Lokal, beachtet aber den vollen Stammtisch nicht. Wahrscheinlich weiß er gar nicht, wie der schreibfreudige Abgeordnete ausschaut, nimmt Trattner an.

Jetzt riecht es nach gekochter Schokolade.

Der Jakostra steckt zwei Dosen Bier und ein paar Kaugummipackungen in die Seitentaschen des faltigen Leinensakkos. Dann zahlt er unter dem ruhenden Deckenventilator. Beim Ausgang schlägt er die Fersen zusammen, grüßt mit gestreckter Hand und geschlossenen Augen in Richtung Stammtisch.

„Was war das?“ will der Gendarm wissen, als der Maler draußen ist. Er sitzt mit dem Rücken zur Tür.

„Wiederbetätigung“, grinst der Lehrer.

„Ich hab nichts gesehen“, beteuert der Fleischhauer und läßt sich auf die gepolsterte Bank fallen.

(Mißverständnis eins.)

Die Schlagzeile über die ganze Titelseite schreit: „Perser in Streifen geschnitten!“ Mein Irrtum wird im Inneren des Blatts gleich korrigiert. Es ist nur ein wertvoller Teppich gemeint, den ein Jugoslawe aus noch nicht bekannten Gründen zerstört hat.

„Schade“, sagt der Erwin.

(Lieder.)

Der Walter hat auf dem Flohmarkt ein kommunistisches Liederbüchlein aufgetrieben: auch schon vergilbt. Gemeinsame Pflichtlektüre zum Abgewöhnen. In einem Russenlied, an das ich mich schwach erinnern kann, heißt es:

„Drum höher, drum höher, drum hö-hö-her,
wir steigen trotz Haß und Hohn empor.
Ein jeder Propeller singt surrend den Ton:
Wir schützen die Sowjetunion.“

„Spitzenreim“, sagt der Walter und stellt mit einem Blick das gackernde Gnu-Lachen ab. Er hat noch ein Lied gefunden: *Wir wollen zu Land ausfahren*. Das singt die Propaganda auch. Ab heute nicht mehr.

(Ernst Strumpfe, 54, Oberleutnant der Staatspolizei:)

Wochenlang müßte man vorauskotzen! Einmal sind wir hochaktiv geworden, denn was machen wir sonst schon? Zeitungsausschnitte sortieren und sammeln, Vereine und Impressen der kaum bekannten Zeitschriften überprüfen, Demonstrationen und diverse Maiaufmärsche beobachten, die verwendeten Parolen mitschreiben. Wir wissen genau, wer da gegen den Präsidenten hetzt, an welchen Adressen die Rädelsführer gegen ihn sitzen. Alles nutzlos. Leere Kilometer. Das wird nur abgelegt, bleibt unverwendet. Das Innenministerium blockt alles ab.

Der Minister hat doch einen Vogel, was die sogenannte rechte Szene betrifft. Aus *der* Himmelsrichtung kommt so bald nichts. Und die Linken greift er nicht einmal mit Samtpfoten an.

Neulich soll er bei einem sozialistischen Kulturfest nach Mitternacht auf einen Tisch gesprungen sein, Flamenco getanzt haben und gesungen: Alle Polizisten sind Faschisten! Und der scheinheilige Verrückte schießt uns noch die besten Leute aus den eigenen Reihen. Wollen Sie das veröffentlichen?

Eva Kaltenbeck kommt in der gewohnten, jetzt verschwitzten Verkleidung an und ist wieder erfolgreich. Dieses Mal hat sie nicht so viel Spielraum, geht gleich los, als die gefunkte Nachricht eintrifft: Nadel ist schon im Privat-Peugeot auf der Praterstraße unterwegs.

Die Studentin geht fast wortwörtlich wie am Vormittag vor. Die Reaktionen des abendlichen Polizeibeamten sind ähnlich. Er wird fast handgreiflich. Der eintreffende Rabbiner kann den Polizisten nicht heranhupen, weil seine Hupe seit Tagen streikt.

Erwin lauert in sicherer Sichtweite, registriert, wie Eva Kaltenbeck den zutraulichen Blöden außer Sprengweite bringt. Jeden Moment muß das Ziel aussteigen.

Zehn Minuten vor 20 Uhr explodiert der Lieferwagen, und die Stichflamme schnellt bis zum ersten Stock hoch. Der Polizist wirft sich auf den Asphalt, reißt Eva Kaltenbeck an seiner Seite mit. Er gibt Alarm, springt auf und läuft zur Einfahrt, zum lodernden Wagen.

Sein unbekannter Schützling rennt mit zerschundenen Knien in die andere Richtung davon. Das wundert ihn nicht. Bedanken kann er sich jetzt nicht mehr. Zwei Meter innerhalb der Einfahrt entdeckt er auf dem Kanalgitter Ludwig Nadel.

Neun Minuten vor 20 Uhr blicken die ersten Köpfe aus

den geborstenen Fenstern. Die Aufmerksamkeit beginnt. Die Polizei wird vor den Rettungswagen eintreffen.

Hinterhalt

Es gibt Menschen, welche man mit erhabenen Gebärden überzeugt, aber mit Gründen mißtrauisch macht.
Friedrich Nietzsche

Nachtwache im Büro. Der Gnu beschaut die kurze TV-Tratschsendung, nachdem er beim *Jud ärgere dich nicht* zweimal verloren hat. Das Spiel besteht nur aus einem umgemalten Karton aus einer gewöhnlichen Spielesammlung und Zitronenkernen statt Männchen. Der Wiener Bürgermeister gibt sich in einem Zirkuszelt eine Theatervorstellung, bei der nur glatzköpfige Schauspieler auftreten. Ansonsten ist der ganz heiß auf Skinheads, die er für den Anfang vom Ende hält.

Weil der verstockte Bürgermeister bei jeder Gelegenheit in Richtung Skin-Terror dröhnt und wettert, ist der Prozeß gegen eine Handvoll *Skinnies* von ein paar eilfertigen Richtern vorverlegt worden. Wem will der überhaupt imponieren? Dem Amtskollegen in New York? Dabei will er nur in Österreich Bundespräsident werden. Oder doch noch schnell Papst oder gleich lieber Gott?

Die Bombe war ein Rohrkrepierer, erfahren wir aus dem Fernseher. Der Nadel lebt. Die Druckwelle der Explosion hat ihn hinter einem Mauervorsprung erfaßt und nur zu Boden geworfen. Der Nachrichtenmensch nennt mit Sorgengesicht die leichte Verletzung: ein gebrochenes Bein. Der Gnu und ich heulen gleichzeitig auf.

„Das hätten wir persönlicher gemacht“, sagt der Gnu. Fürs Mißlingen erklärt er die mutmaßliche Nervosität vom Erwin verantwortlich. Sein Urteil lautet: „Amateur.“

Ein feister Kollege von Nadel läßt sich über die herrschende Stimmung aus, die solche Anschläge begünstigt. Der Sprecher *will* ihn nicht einmal unterbrechen.

Der Bürgermeister, der vom Zirkus ins Studio gefunden hat, möchte ausländische Aktivität (wie immer) und die Tat eines Einzelnen (bei ihm ganz was Neues) nicht ausschließen. Bis jetzt, versichert der Sprecher mit leidendem Gesicht, hat sich noch niemand zu dem feigen Attentat bekannt. Warum spricht es sich nicht bis zum Fernsehen herum, daß Bekenntnisse was extrem Linkes sind?

Der Jude würde am liebsten schwören, daß er in letzter Zeit etliche Drohbriefe und anonyme Anrufe erhalten hat.

„Glaube ich ihm aufs Wort“, sage ich. „Wenn er mit letzter Zeit die letzten 40 Jahre meint.“

„2000 Jahre“, sagt der Gnu.

Der Minks Walter kommt gegen halb elf. Er weiß auch nicht, warum der Erwin nicht den richtigen Zeitpunkt erwischt hat. Unser *Fachmann* ist noch verschollen. Walters Niedergeschlagenheit reicht nicht für lange.

„Ein Zeichen war es so auch“, tröstet er sich. „Kein Start ohne Fehlversuche.“

> (Die kurzen Beine.)
> Natürlich sind in den Konzentrationslagern mehr Menschen als üblich gestorben. Das ist ganz normal. Wie überall, wo Gefangene, Zwangsarbeiter und so weiter nicht mit besonderer Sorgfalt

aufbewahrt werden. Und Seuchen haben sich auf so engem Raum vermutlich auch nicht vermeiden lassen. Mit der Gas-Lüge braucht mir deswegen keiner kommen. Die hat nur einen unverhohlenen Sinn: Deutschland verrecke! Jeder hat rechtzeitig wegkönnen, wenn er wegwollte. Hitler ist kein Mörder. Ein planmäßiger erst recht nicht. Er hat nur einen Fehler gemacht: Er war nicht konsequent genug. Beim zweiten Mal sind wir gescheiter. Wir brauchen immer noch Raum. Und wir sind immer noch besetzt.

(Leopold Ramek, 36, Sportjournalist und Saunabesucher:)

Hinter jedem guten Geschäft in Österreich wirst du ein paar Juden finden. Sogar hinter den adeligen Sektkellereien, die jetzt nach der Reihe aufgekauft werden. Die würden aus dem eigenen Untergang noch ein schönes Geschäft machen. Ein gebrochenes Bein und die internationale Whisky-Mafia zerfetzt sich schon das Maul. Das alte Regulativ gilt leider nicht mehr: Ist der Jude zu üppig geworden, hat's eben Progrome gegeben. Beinhart. Wir sind nicht so, wie man uns in Amerika gern hätte. Hier im öffentlichen Bad schon gar nicht. In der Dreier-Kabine darf der Jud sogar aufgießen und das Handtuch schwingen, wenn er will.

(Unterwegs.)

Ich ziehe den stolpernden Pudel hinter mir her über die Fahrbahn. Der Lehrer Trattner, der nicht so einsam seinen persönlichen Frühschoppen durchtrinken will, deutet mir durch die Auslage vom Café. Er will mir ein Weizenbier zahlen. Ich lehne nicht ab.

„Ich hab auch einen Hund“, sagt er. „Einen Rottweiler.“

„Warum so gut versteckt?“

„Der ist nicht gesellschaftsfähig. Ein Raudi. Jeden Freitag muß ich ihn würgen.“

„Wieso?“

„Zur Beruhigung. Der braucht das.“

Ab seinem zweiten Bier beschäftigt er sich weitschweifig mit der Frage, ob Neger gleichzeitig auch Juden sein können. Bevor er die Frage mit ja beantworten kann, bin ich wieder auf der Straße.

(Mißverständnis zwei.)

Irgendwer hat die *Störung* der Informations-Kundgebung bei der Albertina fotografiert und die Fotos der Austria Presseagentur übergeben. Vaters Lieblingszeitung, das Parteiblatt, hat ein Bild in der heutigen Ausgabe auf Seite zwei; unter Ausschluß der Öffentlichkeit. Nur für die ahnungslose Dreifaltigkeit daheim bin ich leicht zu erkennen. Die Pose ist trügerisch. Der Vater ist erfreut, daß ich einmal wo dabei war und Farbe bekenne. Daß ich auf der anderen Seite eingeschritten bin, kommt ihm nicht in den Sinn.

(Exkursion.)

Wir sind nicht dran, aber dabei. Der Besuch im Gericht zur Verbesserung mehrerer Launen ist ein notwendiger Volltreffer. Der Erwin hat sich rechtzeitig frei genommen, ist aber immer noch verschwunden.

„Harakiri“, vermutet der Gnu.

Vier Skinheads soll der kurze Prozeß gemacht werden: Körperverletzung, möglicherweise Raubversuch. Der kindische Staatsanwalt besteht sogar auf Wiederbetätigung.

Ein paar nicht angeklagte *Skinnies* sind auch im Saal. Der Staatsanwalt mit getönter Brille hat einen ständig zuckenden Mundwinkel und heißt mit dem Zunamen Moritz.

„Und mit dem Vornamen genauso."

Walters Announce garantiert den ersten Lacher. Der Vormittag geht in Ordnung: Stimmung wie beim Hüttenabend auf einem Schulskikurs. Der Gnu betätigt sich als Gerichtssaalgrafiker, zeichnet Moritz mit dem dicken Daumen in der Nase und reicht das Kunstwerk weiter. Der Walter läßt den Wachauer Marillenbrand in der flachen Flasche kreisen.

Der Richter ist am Anfang gar nicht so schlecht. Das Verfahren wegen Wiederbetätigung klammert er beizeiten aus. Grund: Die niedrigst mögliche Haftstrafe bedeutet immer noch fünf Jahre. Daß die vier *Skinnies* nicht einmal 25 Jahre nach dem Krieg geboren waren, interessiert keinen Hund. Für den Gnu sind Gesetze ohnehin nur eine Ansammlung von Schnapsideen. Und das Bundesgesetzblatt würde er nicht einmal auf einlagigem Klopapier drukken lassen.

Die *Skinnies* sind oft an vorderster Front und stehen auf spektakuläre, einschüchternde Auftritte. Sie sind trotzdem keine Konkurrenz. Der Walter hat über sie eine ähnliche Meinung wie über den Bundespräsidenten, der im Rahmen an der Wand auch diese Verhandlung überwacht: „Die müßte man glatt erfinden, wenn es sie nicht geben würde. Wir sind in ihrem Schatten einigermaßen sicher, und in ihr Fahrwasser geraten wir nie."

Dem Richter, der schnell und einschläfernd spricht, sind wir nach einer Weile zu laut. Der Staatsanwalt flattert auf, will ihm zu Hilfe kommen und unsere Personalien aufnehmen lassen.

„Sehr demokratisch!“ schreit der Gnu. Wir pfeifen. Der Richter lenkt ein, beläßt es bei einer Rüge. Wirklich fast ein vernünftiger Mann.

Drei *Skinnies* dürfen heimgehen, einer muß (auch nur vorläufig) bleiben. Der Verteidiger will Bedenkzeit. Für mich sind sie auf jeden Fall Trottel, weil sie kaum was von sich herausgelassen haben. Ihre durchwegs kleinlauten Antworten klingen, als würden sie eine Redeübung über literarische Fadmänner halten.

Beim Abgang, vor dem Paternoster, drehen zwei Schlachtenbummler-*Skinnies* durch. Sie machen sich nach einem Wortgeplänkel ausgerechnet über den Walter her, der drei Kampfgürtel hat. Er wirft sie fast mühelos. Vielleicht sind sie mutig, ganz dicht sind sie nicht.

Der Walter steht im Paternoster, der im Boden versinkt. Er sagt: „Zu viel Gefühl, zu wenig Verachtung mit Plan.“

(Heinz Raeberl, 43, Gerichtsreporter:)

Wahr ist, was nicht sein dürfte. Die Stimmung der Truppe auf den Rängen ist prächtig; fast ein Volksfest. Der Richter hat es eilig, würgt den Staatsanwalt ab, hört weg, wenn die eindeutigen Witze rollen, übersieht die Drohung der immer wieder gestreckten Arme. Sein Urteil steht von Anfang an fest: einzelne schwarze Schafe, die eine Chance kriegen sollen. Genau er gibt ihnen keine, indem er sie unbelehrt läßt. Mein aufgeklärter Chefredakteur verschiebt mir den Artikel zuerst. Dann ist er ganz draußen. Wahr ist, was in der Zeitung vorkommt.

(Walter-Witz.)
Ein Kontrollor eilt durch eine U-Bahn-Garnitur. In einem Waggon trifft er auf einen Neger, der

neben einem Haufen Hundescheiße steht. Sagt der Kontrollor: „Mir scheint, Ihre Frau ist zusammengebrochen."

(Geisterbahn mit Landkarte.)

Hinter einer Tür im Erdgeschoß ist Remasuri mit anschließender Tellerschlacht. Ich nehme immer gleich zwei Stufen bis oben. Pfeifend auf dem Weg zum begrenzten oder unbegrenzten Koitus. Der Walter hat mir von Evas kleinen Verletzungen berichtet. Doktor Eisenbarts Auftritt.

Ich stehe auf der Türmatte und will anläuten, als ich die offene Wohnungstür bemerke. Ich beeile mich in die Niederlage, durchquere das Vorzimmer, spähe in die Küche. Die Eva sitzt mit Stewardessenlächeln im Schlafzimmer auf dem Bett. Türkensitz. Ein Speichelklumpen im Mund weiß nicht, wo er hin soll. Sie kann mich noch gar nicht erwartet haben, fällt mir in Brust und Magen gleichzeitig ein.

Noch zwei Schritte: Ich sehe den Gnu beim Fußende vom Bett. Ich erkenne die alberne Situation: Übung drei. Und sage kein einziges Wort. Ich stürme zurück ins Stiegenhaus, renne einen städtischen Kassierer über den Haufen.

Vor dem Haus pralle ich außer Gedanken und Atem auf Walter, der an dem BMW lehnt und an seinen Fingernägeln zwickt. Was will er jetzt? Schon der Nächste in der Reihe?

„Hast du dein Mädel in flagranti erwischt?"

In flagranti scheint mir verständlich. *Mädel* ist ein sinnloses Wort. Es zerfällt.

„Mit dem Gnu."

„Ich weiß. Ich hab es schon seit ein paar Tagen gewußt."

„Danke für die rechtzeitige Nachricht."

„Hätte dir nichts genützt. Die Eva ist als Supergretchen falsch besetzt. Sie hat ein großes Herz."

„Gar keines."

Bevor ich losschluchze oder den nächsten Passanten verprügle, schiebt er mich ins Auto: auf den Beifahrersitz. Er sperrt außen ab. Ich merke, daß herinnen der Türgriff fehlt. Der Walter geht um die Motorhaube herum und zwängt sich hinter das riesige Steuer.

„Durch deine Hände ist sie anscheinend auch schon gewandert", sage ich, als er am Anlasser zieht und den Wagen nach links lenkt.

„Ist lang her. Auf jeden Fall ist sie auf unserer Seite und brauchbar. Wer, glaubst du, hat den Polizisten gestern abgelenkt? Die Eva hat nicht gepatzt."

„Mir egal."

„Frauen sind was Angenehmes", sagt er bei der ersten roten Kreuzung, „aber nur dann und wann wichtig. Sie lenken ab."

„Was ist wichtig?"

„Wir, das Ziel, Gehorsam."

Ich starre die Ampel an. Ohren müßte man wie Augen zuklappen können. Der Walter schneidet in die Löwengasse und gibt nicht auf.

„Sie dürfen nie Pläne durchkreuzen. Verstanden?"

Die Marionette nickt, obwohl das Gesicht immer noch glüht. Der Walter faselt von notwendiger Ruhe, Gehorsam, Faziten. War er an der Falle denn nicht beteiligt? Er zeigt auf die Ablage unter den Armaturen.

„Ein Magenbitter für den gescheiterten Minneritter", sagt er lächelnd und achtlos.

Nicht getroffen, denke ich und nehme tatsächlich einen

Schluck. Der Saft ist nicht bitter genug. Eine Schweigeminute. Die Welt ist kein Wirrwarr, mein Leben schon.

„Ich benötige so was wie eine rechte Hand", sagt der Eidechsenkopf neben mir.

Meine Lippen bleiben schmal. Ich lache übertrieben im Kopf. Das falsche Angebot zur falschen Zeit. Kann ich es Walter ablehnen, auch wenn ich ihn im Moment nicht verehre? Nur Juden wollen nicht zur Macht. Die haben sie schon.

„Soll ich die rechte Hand sein oder nur spielen? Was ist mit dem Erwin?"

„Der ist überfordert", sagt der Walter ruhig. „Und soll sich ausschließlich mit den Sprengstoffen abgeben. Weiterbildung sozusagen. Seine Selbstkritik ist am Abend fällig."

„Und ich?"

„Wir sind schon unterwegs zu deinem ersten Auftrag."

Der Wagen rollt jetzt über den Handelskai: die österreichische Ausgabe der *Autoput*. Ein Käfer klatscht gegen die Windschutzscheibe, wird vom Tod überrascht. Der alte BMW hat keine Waschanlage.

„Um was geht es?"

„Geldbesorgung."

„Ich soll eine Bank machen?"

„Auf gefährliche Sachen lassen wir uns dabei nicht ein."

Der Walter hält auf der Lände und läßt den Motor ausgeistern. Sein Blick zielt zu einer aufgelassenen Wäscherei im Häuserblock vor uns.

„Da wird nichts zu holen sein", vermute ich.

„Ist schon offen", sagt der Walter.

„Was ist da drinnen?"

„Eine Negerin wartet auf Kunden."

„Warst du schon hier?"

Er zeigt mir eine Wortanzeige in einer aufgeschlagenen Glanzzeitschrift: Lerne die Liebe einer schwarzen Teufelin kennen. Ab 600 Schilling ist vieles möglich.

„Das ist der passende Lockvogel.“ Er zieht mir die Zeitschrift unter der Nase weg, legt mir seine Kamera auf die Oberschenkel. „Du fotografierst jeden, der aus dem Laden kommt, und notierst ihre Kennzeichennummern.“

„Beschäftigungstherapie?“

„Ich hab den perfekten Weg ans Geld gefunden. Und wir brauchen jede Menge Geld. Damit Schluß ist mit den Kleinkram-Aktionen.“

„Die Schwarze kannst du mit den Bildern erpressen?“

„Die Herren. Jeder zweite, der hier aufkreuzt, ist verheiratet. Ich hab einen Freund bei einer Versicherung. Über die Zulassungsnummern kriegen wir ihre Namen und Adressen. Ich weiß aus Erfahrung, daß sie für simple Polaroids kräftig zahlen. Und nicht nur einmal.“

„Das kann ich nicht.“

„Das Inkasso übernehme ich. Enttäuscht?“

„Warum?“

Der Walter hat angeblich in der Gegend zu tun und taucht mit hallenden Schritten in einer Seitengasse unter. Er will mich später abholen. Hinter mir kann ich nichts beobachten. Der Rückspiegel ist fast blind.

Nach wenigen Minuten pirscht sich schon der erste Kunde an. Ein babyhafter, großer Mann im schweren Ledermantel. Er dreht sich zweimal um die eigene Achse, bevor er die Wäschereitür mit den verklebten Scheiben öffnet.

Nach einer Viertelstunde ist er wieder an der Frischluft. Ein kurzes Vergnügen oder gar kein Vergnügen. Der Mann spuckt kräftig in die Sträucher vor der Tür und zieht eine

Schleife zu seinem pompösen Mercedes mit niedriger Nummer. Einen Augenblick fürchte ich, er hat seinen kurzfristigen Leibfotografen entdeckt. Er steigt aber ein, fährt quietschend ab und läßt eine Staubwolke zurück. Ich betrachte das werdende Bild neben mir.

In den nächsten drei Stunden fotografiere ich die seltsamsten Typen: insgesamt acht. Ein Karneval der Karikaturen. Die Fußgänger verschone ich. Keiner bleibt länger als 20 Minuten, keiner macht hinterher ein zufriedenes Gesicht. Einer schaut mich durch die Seitenscheibe an und tippt sich an die Stirn, weil er den Aufkleber mit Kreuz auf der Heckscheibe entdeckt hat: Internationale Ordens Union.

In den Pausen kann ich mir den ersten Satz schmieden, den ich dem Gnu sagen muß. Wahrscheinlich: Ist das Seminar schon zu Ende? Oder: Abenteuer sind ordnungsgemäß abzuwickeln. Mehr fällt mir nicht ein. Ein Rachegefühl kommt nicht einmal auf. Was ist der Gnu schon? Zwei Jahre älter und sowieso nur ein kleines Tier.

Mein Herz soll ein Brocken Enttäuschung sein. Das brave Eva-Foto geht zerrissen und eingeschrieben zurück. Lieber zu 20 Prozent an einer guten Sache als gar nicht beteiligt, kann nicht die Lösung sein. Nur der praktische und jämmerliche Standpunkt der Hakennase.

Der Walter kann nicht zufällig bei der Eva vorm Haus gewesen sein. Egal. Auch wenn es eine konzertierte Vorstellung war, das Ziel ist erreicht. Die erste Sehnsucht heißt Propaganda. Ich falle nicht ab. Ich will in Geheimnisse verwickelt sein. Ich will in den Kopf.

(1. Mai.)

Ich bin 14. Den Maibaum auf dem Pfarrplatz in Knet

schafft wieder keiner. Nicht einmal der Sohn vom Ortsvorsteher, der der beste im Turnverein ist. Dafür werden vier Fässer Bier und 88 Schweinsbraten konsumiert. Die Freiwillige Feuerwehr dankt und spielt blechern auf.

Der Vater erfüllt kurz vor Mittag auf der Ringstraße in Wien seine Pflicht. Mich hat er als Trabanten mit. Es ist heiß, der KP-Aufmarsch nur ein Märschchen. Mir unbekannte, verwelkte Genossen klopfen auf meine Schultern, berichten atemlos, daß sie mich schon gekannt haben, als ich noch *so* klein gewesen sei. Der Vater weiß, was der Parteivorsitzende auf der Tribüne vor dem Parlament in seiner Rede sagen wird und muß. Es steht sowieso schon in der heutigen *Volksstimme*.

Der breite und bunte Marsch der Sozialisten zum Rathaus wird vom Vater kritisch betrachtet. Er redet sich ein, daß bei den Sozis heuer weniger dabei sind als im Vorjahr. Das redet er sich jedes Jahr hoffnungsvoll ein.

Auf einer Bank im Rathauspark sitzen drei uralte Frauen mit Papierfähnchen. Aus den Lautsprechern tönt ein schwungvolles Lied. Die Alte in der Mitte singt fröhlich und mit entrückten Augen mit: „Aufwärts blicken, vorwärts drängen! Wir sind jung, und das ist schön!“

„Du lügst“, sage ich.

> (Was lockt?)
> Das Ende des Schlechtgehens. Das wortlos Gemeinsame. Die Fortschritte. Das letzte Stöhnen. Die Pläne. Die Feigheit. Der Eid. Die Reise zur Macht. Die ewig Einheimischen. Die Gefahr. Der Bann. Die Verachtung der Gefahr. Jede unverständliche Geschichte ist mindestens tausend Jahre alt. Bahn frei.

Um neun wird in der vormaligen Wäscherei das Licht abgedreht. Die *Teufelin* kommt heraus, zieht den Rollbalken nach unten. Eine beschreibliche Schönheit: dünnes Kind mit struppigen Haaren, in niedrigen Stiefeln und einer weißen Pluderhose. Sie sucht rauchend, am BMW vorbei, das Weite. Gleich darauf ist der Walter zurück.

Im Heerlager, bevor der Erwin Antwort stehen muß, gibt der Walter zu, daß er sich kein zufälliges Inserat aus der Zeitschrift gepickt hat. Die Negerin gehört zum Besitz. Die Propaganda schneidet zur Hälfte mit.

„Widert mich an", sage ich.

„Mich auch", sagt der Walter. „*Jetzt* geht es aber nicht anders. Wir brauchen das Geld."

„Du wiederholst dich. Auf *die* Art muß es beschafft werden?"

„Wie sonst? Kampf ohne Geld scheitert zwangsläufig. Wir sind eine Bewegung noch ohne Masse."

Das Argument ist schlagend. Mit schneller Hand kreuzt der Walter in der Zeitschriften-Rubrik noch drei Kleinanzeigen an.

„Die gehören alle uns."

Ich lese: Cornelia, *das* Stadtfräulein; einfühlsam oder hemmungslos. Domina Sabine, für Vergnügungen der unnachgiebigen Art; Klistier, Spitzenkammer und Wochenend-Kerker. Exklusive Sarah, die Wüste lebt.

„Eine Jüdin?"

„Gegen Jüdinnen im eigenen Puff ist absolut nichts einzuwenden. Vor allem, wenn sie uns unfreiwillig unterstützen."

Die Seite der Medaille gefällt mir schon besser.

Der Erwin windet sich, gibt die Schuld an dem Debakel im zweiten Bezirk dem ungenügenden Material. Wir schlucken das, und der Erwin kriegt eine Frist zum Umrüsten.

Der Gnu läßt sich wie erwartet nicht anschauen. Ich laufe allein durch die Nacht. Beim Messepalast tauche ich aus dem U-Bahn-Untergrund auf. Neben der Rolltreppe klebt dreimal die Aufforderung: *Bitte rechts stehen*. Wird gemacht.

Beim Volkstheater nehme ich einem Schlitzaug den *Kurier* von morgen ab. Ein Idiot kommentiert uns als lächerliche, feige Möchtegern-Terroristen. Ich bedanke mich sofort mit zwei Malereien beim Eingang zur Redaktion in der Lindengasse. Und der eingetretenen Türscheibe.

(Direkt.)

Das Feuer gibt endlich Hitze ab. Wir haben einen Gast, der sich freut, weil ihn der Walter eingeladen hat: Erich Prangel, fast 70, Kriegsteilnehmer mit Toupet und früher ein hohes Tier bei der FPÖ. Er hat lange, saubere Fingernägel, eine Feder am Hut und einen frischen Hubertusmantel. Bier will er keines, aber ein Glas Wein. Dann springt er erzählend direkt in eine entscheidende Schlacht, bei der er an entscheidender Stelle dabeigewesen sein will.

Mir sind die angeberischen Kriegserlebnisse längst langweilig. Reichweite null. Ich höre kaum zu, ich brauche keinen Reiseleiter durch die Vergangenheit. Meine Meinung: Der Prangel ist auch nur einer der morschen Knochen, die sich ihr gutes Gewissen jeden Tag neu zusammenplappern. Kein Verräter an der Idee, aber ein Verlierer, der mir nichts zu sagen hat. Kriegsbote ohne frohe Botschaft.

Der Walter ist ganz ähnlicher Meinung. Er läßt den Prangel eine Weile drauflos reden, dann fällt er ihm ins schwärmende Wort.

„Das wollen wir gar nicht hören! Immer nur Selbstmitleid! Die Bühne ist zu!"

Dem Ex-Abgeordneten verschlägt es Rede und Sprache. Er will nicht kapieren. Der Walter spannt ihn nur kurz auf die Folter. Anscheinend hat er ihn hergelockt, um für uns ein Exempel zu setzen.

„Was Sie in der Vergangenheit gemacht haben, zählt heute überhaupt nichts."

„Wieso nicht?"

„Was ist denn das Ergebnis? Was hat Ihre Generation erreicht? Den Krieg verloren. Halb Europa ist russisch, Deutschland unter Kuratel, der lädierte Rest in gewissen Händen."

„Es sind Fehler gemacht worden."

„Von wem? Soll wieder der Hitler allein schuld sein?"

„Habe ich das gesagt?"

„Wer von gestern erzählt und am Neuen nicht mitarbeitet, ist eine überflüssige Null. Was machen Sie *jetzt*?"

„Ich bin noch bei der Partei. Und die hat sich kräftig erholt."

„Vage Hoffnungen", urteilt der Walter mit wegwerfender Hand. „Ein opportunistischer, ungeiler Haufen! Was hat der Parteichef mit dem Führer gemeinsam? Einen großen und drei kleine Buchstaben. Sonst gar nichts."

„Er war doch der erste seit Jahren, der sich mit dem Chef der Nationaldemokraten getroffen hat."

„Der ist auch nur ein trostloser Veteran im Steireranzug. Und eure *Hoffnung* hat sich für das Treffen noch schleunigst entschuldigt."

„Ja. Weil es zu früh ist, die Karten offen auf den Tisch zu legen."

„Ausreden!"

Prangels Widerstand verliert sich. Der Walter macht ein wildes Gesicht. Er hat mich schon wieder ganz auf seiner Seite. Der Alte, der verzweifelte Weinaugen macht, ist ja wirklich nur eine begrabene Generation, die einfach nicht gut genug war. Er kriegt keine zweite Chance zum Gedankenschunkeln. Gestrige Verlierer sind nicht die Elite von morgen.

Der Walter erfindet für ihn und seinesgleichen noch schnell das richtige Wort: Kriegsheimchen! Das verscheucht den Prangel, der sich einen schönen Abend in angenehmer Gesellschaft machen wollte, endgültig vom warmen Platz an unserem Feuer. Die Welt hat nicht für jeden Platz.

„Man wird noch auf uns horchen", verspricht der Walter. „Die Stadt, das Land, die Nation."

Gegen *seine* Schwärmerei habe ich nichts. Keinerlei Zweifel zulässig. Und statt grauer Lieder vom Krieg – Lieder zum Kampf: „Was der Jude glaubt, ist einerlei, in der Rasse liegt die Schweinerei!"

(Erledigt?)

Kein Versuch mehr von meiner Seite. Die Eva ist gründlich gestrichen. Der Schmerz wird verbissen. Sie spielt ihre Rolle. Der Walter teilt sie zu. Kein Widerspruch in Sicht. In meinen Gedanken nenne ich die Eva ab sofort holländisches Surfbrett. Damit ist ihr hügelloser Oberkörper doppelt getroffen. Ich bin frei.

(20. April 1988.)

Schon nach fünf Minuten macht der Hauptschullehrer die erste Anspielung auf Hitlers 99. Geburtstag.

„Nächstes Jahr wird was los sein", meint er.

Der Fleischhauer Schwarzbeck fällt heute mit Hexenschuß aus. Er wird von Lothar Altmann willig vertreten, der beim Tarock keine große Nummer ist. Sein rechtes Bein liegt in Rußland begraben.

Meine Zeitungen sind manchmal Mausefallen", verkündet er bedeutsam, als er eben wieder verloren hat und aus seiner Brieftasche zum dritten Mal Nachschub holen muß.

„Was wird gefangen?" sagt der Landtagsabgeordnete beiläufig und mischt die abgespielten Karten.

„Was man will. Ich habe mir, vielleicht durchaus in Ihrem Interesse, den Jakostra ausgesucht. Den schieße ich diese Woche noch ab."

„Das hab ich nicht gehört", sagt der Gendarm Führer, der heute nicht Geburtstag hat, automatisch.

„Ohne Gewalt", lächelt Altmann. „Streng pazifistisch. Der hat vor einiger Zeit auf eindeutige Inserate in einer meiner Zeitschriften geschrieben. Ich muß jetzt nicht sagen – welche."

„Und?"

„Immerhin ist er kräftig verheiratet."

Die Frau Jakostras kennt jeder. Eine sportliche Jugoslawin, etwas jünger als der Maler und Karikaturist, die oft mit dem schweren Fahrrad unterwegs und im Elternverein des Gymnasiums Vize-Obfrau ist.

„Willst du es seiner Frau verraten?" Der kriminalistische Gendarm ahnt nur Erpressung.

„Ganz Knet. Ich drucke in der kleinen Zeitung die Aussage einer Halbprofessionellen ab, mit der sich der Jakostra ein bezahltes Verhältnis angefangen hat. Zufrieden?"

Der Landtagsabgeordnete schmunzelt, obwohl er innerlich jauchzt. Ein Sieg ohne eigene Faust. Der Karikaturist, der bei der Gemeinderatswahl erfolglos für die Alternative Liste angetreten ist, wird schnell allein dastehen. Und die Frau, die sich andauernd mit Behörden aller Art anlegt, wird es bald billiger geben müssen.

Ein *sinnlos* Betrunkener, der in der letzten halben Stunde in seinen gerösteten Knödeln gestochert und nichts gegessen hat, steht auf, brüllt, marschiert schief in der Stube auf und ab. Er ist Straßenarbeiter und hat den rechten Fuß in einem orthopädischen Schuh.

„Beruhigung!" befiehlt der Postenkommandat.

„Ich bin Offizier", heißt die Antwort auf wackligen Beinen. „Ihr redet nur daher und noch dazu blöd daher! Und heut ist der heilige Tag."

„Du hättest beim Hitler nicht lang überlebt", meint der Lehrer und bewegt den Kopf zum Boden, zum verkrüppelten Fuß. „Nur als Seife."

Der Betrunkene zieht die abrutschende Hose hoch, torkelt zum Kartentisch und holt zweimal Luft.

„Du, Lehrer, wärst immer noch vor mir drangekommen. Ich bin größer und blonder!"

„Der spielt sich da nur auf", grinst der Gendarm, „weil er zu Hause nichts zu reden hast."

„Ich rede auch daheim, was mir paßt."

„Sicher. Wenn deine Frau einkaufen ist."

„Selektion!" schreit das beleidigte Gesicht, bevor es der ausgestreckten rechten Hand die Stufen hinunter zum Klo hinterherstürzt. Bei seiner Rückkehr gibt ihm der Drexler die rote Karte.

(Lyrik jetzt.)
Ob Türke, Jude, Jugo,
Ägypter oder Muselmann,

Ahasver, Enver, Hugo,
bei mir kommt jeder hinten dran.
Wer drängt herein, wer macht sich breit,
beim Handaufhalten stets bereit?
Im Schlepptau reist die fremde Kultur,
der Minister schaut zu, die politische Hur'.
Ob Lenin, Freud und Heine,
kein Index für die Schweine?
Kein Platz für wilde Tiere,
Platz für deutsche Brigadiere!

Die Polizeistunde im NOBODY ist auf dem gerahmten Karton neben dem Eingang mit 22 Uhr 30 angegeben. Der Besitzer spielt schon zum dritten Mal im Musikautomat *Ballade pour Adeline*, weil er das immer spielt, wenn er heimgehen will. Er steht im Regenmantel neben dem Tarocktisch und sagt mit Leichenbestatter-Gesicht: „Auch ein Wirt hat Anspruch auf ein Sexualleben."

Erst kurz vor Mitternacht darf der Drexler das Licht wirklich abschalten. Lothar Altmann plumpst ins grüne Leder seines Automatik-Mercedes, Jahrgang 86, und fährt davon. Gottfried Weninger läßt sich von einem Taxi nach Hause bringen. Der Lehrer pißt an die Kirchenmauer, als der Gendarm seine Seite verlassen hat.

Altmann wohnt in einer alten Villa am erhöhten Ostrand von Knet. Im Radio ist keine Marschmusik zu finden, die Marsch-Cassette im Handschuhfach ertastet er nicht. Er grölt sich selber ein mächtiges Ständchen und bleibt auf dem Gas. Er denkt an den Kranz Braunschweiger daheim, den er sich mit Zwiebeln, Essig und Öl zubereiten wird. Und an die fünf Schritte im Dunkeln auf den rutschigen Schlafzimmerfliesen zum harten Wasserbett.

Nach dem Raimund-Brückchen läßt Altmann den Wagen über eine Kuppe springen. Mitten auf dem Asphalt liegt der zappelnde Betrunkene von vorhin. Altmann reißt am Lenkrad, kann ausweichen, zerfetzt einen Flieder und stößt gegen eine Rotbuche am Straßenrand. Obwohl er nicht angeschnallt war, ist er nur leicht verletzt. Zwei Schnitte im Gesicht, das blutende Kinn und das Holzbein gebrochen.

Den zwei jungen Gendarmen, die im Dienst-Golf eintreffen und ihn nicht erkennen, verweigert er den Alkohol-Test. Er will einem Arzt zur Blutabnahme vorgeführt werden. Einer der Gendarmen bestellt über Funk den Gemeindearzt zum Posten. Der Postenkommandant, den sein Piepserl aus den Träumen geschreckt hat, bestellt ihn wieder ab.

Vom Unfall wird in Altmanns Zeitungen verläßlich keine Silbe stehen. In den anderen auch nicht. Das Auto wird noch in der Nacht weggebracht, die Buche am Morgen gefällt. Die jungen Gendarmen klärt ihr Chef auf. Der Auslöser des Unfalls, der Kenntnis haben könnte, weiß von nichts und schnarcht eine Nacht im Kotter durch.

Hintergrund

Wenn das Herz schneller schlägt als sonst, sei gewiß – die Nacht ist die beste Freundin des Mannes.
Paco Ignacio Taibo II

Der leidige Wiesenthal darf schon wieder diskutieren,

die Leute verhetzen. Das Fernsehen ist natürlich dabei. Der Walter, ich und Jungvolk sind bei der Veranstaltung in einem *Haus der Begegnung* vertreten. Zwei von den Jungen werden von zivilen Staatsknechten verhaftet, weil sie kleine Flugblätter und Hakenkreuze von einem Balkon ins Publikum streuen. Wir verteidigen sie nicht.

„Die U-Haft ist gute Schule", glaubt der Walter.

Bald muß er sich korrigieren. Die Kameraden werden noch am selben Tag ausgelassen, und ein offizieller katholischer Jugendverein steht Kopf. Unsere Jungen waren dort eingetragene Mitglieder.

„Wer bei den Scheinheiligen ist, gehört nicht zur *Propaganda*", sagt der Erwin stur und mehrmals, bevor er den Grund für die Doppelmitgliedschaft erfährt. Die Jungen haben erst kürzlich bei den Katholiken angeheuert und sind mit offenen Armen genommen worden, weil ein Mangel an Mitgliedern herrscht. Von Anfang an war da nur die Absicht, den Katholen so was wie die Flugblattaktion anzuhängen.

„Gut ausgedacht", lobt der Walter zuerst noch. „Aber extrem unüberlegt." Dann schreit er wegen der Eigenmächtigkeit herum. Zu leicht kann die Staatspolizei, fürchtet er, auf unsere Spur geraten. Das unbotmäßige Jungvolk kriegt bei uns zwei Monate Zwangs- und Denkpause.

(Ein Traum.)

Auftrag und feierliches Gefühl. Der Befehl ist da. Kein Zipperlein im Gehirn. Zwei Polizisten durchpflügen die erwartungsvolle Menge. Die beiden können die blutige Notwendigkeit nicht mehr verhindern. Wir sind die Herren der Nacht und der Ereignisse. Ruhiger, fester Schritt. Aus den Köpfen der unbekannten Soldaten klingen Mandolinen.

Die Ärzte suchen mit geübten Augen Einlauf-Opfer. Auch der Feuerexperte ist nur Feuerwehrmann. Die Passanten schnappen nach Luft. Das Opfer hat keinen Namen, nicht einmal Nationalität: ein brauner Kopf mit Schläfenfalten. Der Mann hopst ahnungslos auf uns zu. Ein freundliches Gesicht, das Strand sucht; auf den Wangen violette, geplatzte Adern. Der Gnu will ihm zwei Hyazinthen überreichen.

„Was soll ich machen damit?" Die Stimme schwankt.

„Auf dein Grab legen", antwortet der Gnu mit Kreide im Gesicht.

Das Opfer windet sich zu Tode verwundet auf dem Mittelpunkt eines Sportplatzes. Was soll ich sagen? Allerhand, Donnerwetter, hört hört? Adieu!

Ich bin mein Zeuge, schaue mir ruhig zu. Das Betätigungsfeld schrumpft, landet in einem übersichtlichen Spielautomaten, der auf den ersten Blick wie ein Flipper aussieht. Alle Bedienungsknöpfe befinden sich in Hüfthöhe.

Ein Uhr nachmittags. Lärmende Abfahrt wie jeden Samstag vom Franz-Josefs-Bahnhof. Wir besetzen zwei benachbarte Nichtraucher-Abteile. Der Walter ist mit dem Wagen schon vor ein paar Stunden losgefahren. Er nützt die Vormittage in der Burg zum Wälzen von einsamen Ideen.

Der Karli, ein 15jähriger Neuer, für dessen Transport ich verantwortlich bin, sitzt mir gegenüber am Fenster: ein kleiner Kopf, aber Lippen wie Schneeschaufeln. Der Walter hat ihn persönlich aufgetrieben und hält große Stücke auf ihn. Für mich ist er keine Konkurrenz.

Wir verlassen den bummelnden Zug eine Station vor Tulln. Der angeordnete Fußmarsch führt zuerst am Bahndamm entlang, dann quer durch Langenlebarn, zuletzt durch die Felder.

Um halb vier treffen wir in der Burg ein. Der Walter hat seine schwarze Uniform an. Ganz Kommandant. Er gibt vom Jeep aus die Pläne für die Manöver bekannt. Zuerst Nahkampftraining in der Sandkiste: dem Innenhof der Burg. Die Schüsse fallen hinterher und unbehelligt bei den leeren Schottergruben in der Au.

Der Karli ist ein Konditionswunder und eifrig. Er muß zum Einstieg ohne Bekleidung in einem ramponierten Jägerstand die Nacht hinter sich bringen. Der Walter entläßt ihn mit einer Durchhalteparole.

Der Erwin und ich fahren zum Ausfassen nach Tulln. Die Wirtin der Gastwirtschaft Brenner hat alle Vorräte nach unserer Aufstellung vorbereitet, läßt ihren Mann aufladen und spendiert einen doppelten Korn für ihre beste Kundschaft.

Auf dem Rückweg müssen wir an einem Begräbniszug vorbei und werden angehalten. Hat sich der Tote, der neben der Donau begraben wird, wirklich die *Wacht am Rhein* gewünscht?

An den Herrentisch in der Burg dürfen heute nur der Gnu und ich. Der Erwin wird als Wache abkommandiert, steht aber beim Walter nicht in Frage. Noch immer habe ich kein Wort mit dem Gnu geredet.

„Keine Hahnenkämpfe an meinem Tisch", verlangt der Walter. Er hat einen seiner zwei Kampfhunde neben sich: Pit Bulls aus den USA. Der Bruder ist im Zwinger. „Die Pits sind im Moment das einzig Vernünftige, was aus Amerika kommt."

Dann gratuliert mir der Walter mit großer Geste: „Du hast uns einen dicken Fisch geangelt."

Gleich das erste Opfer der Teufelin ist ein halbwegs prominenter Mann gewesen: ein Kapo bei der Handelskammer. Der Walter hat mein Polaroidfoto gleich mehrmals kopiert.

„Den blute ich aus", verspricht der Walter. Er schüttet sein trübes Weinglas voll und gönnt sich eine geräucherte Makrele. Der Gnu und ich demonstrieren Einigkeit beim Bier aus der Flasche. Kein Fisch.

Der Walter hat ein paar Seiten *Klartext* für die *Propaganda* verfaßt. Er liest und referiert seine Ideen, wir nikken, fragen nach. Fast unverändert werden sie ab Montag vervielfältigt und in der Organisation verteilt. Die Devise für die nächsten Wochen ist einleuchtend: Strategie ist Abwehr. Taktik ist Defensive. Standpunkt ist Sieg!

Es folgt von Walter dominiertes Geplauder. Ich hänge servil und ohne Gegenwehr an seinen Sätzen. Jetzt sind Geschichten aus dem Stadtdreck dran. Der Walter ist der Thron. Jeder Thron wird irgendwann frei. Ich bin die Randfigur, die zum Mittelpunkt stürmt. Der Gnu grinst ohne Unterbrechung: die Tarnung des Unentschlossenen. Vielleicht ist er doch nicht so ehrgeizig, wie ich befürchtet habe. Für ein paar Minuten landet Walters Hand auf meinen Schultern. Ich unternehme nichts dagegen. Bin ich die rechte Hand oder muß ich noch meinen Lebenslauf und das Leumundszeugnis einreichen?

Der Walter berichtet von einem Politiker, der sich als Sicherheitsexperte einen unverdienten Namen gemacht hat. Der taucht jeden zweiten Sonntag bei einer *unserer Huren* auf: der Domina Sabine. Er läßt sich schlagen und mit selbst gesammeltem Hundekot einreiben. In der Öffentlichkeit fällt er regelmäßig mit harten und reinlichen Sprüchen auf.

Nach den Geschichten die flackernden, versiegenden Gedanken zur Lage: Nichts hat Bedeutung, nichts hat Folgen. Die Politiker, wenn sie aus den Fernsehapparaten zu uns lügen, verwenden nur Fremdworte und Pseudonyme, damit keiner was versteht und sich niemand aufregt. Die *Propaganda* ist kein Pseudonym! Die Regierung ist ein hochmütiger Misthaufen, die Justiz die Festung von Behindertern, von Schwadroneuren und Hochstaplern. Wer Geschichte schreibt, macht keine Geschichte. Die Ordnung siegt immer. Immer wieder. Die Systemparteien sind nur Brückenköpfe zu Macht und Geld. Alle Sozialisten sind dick. Was kostet die Welt? Was kostet Deutschland?

„Wir sind schon im Vorzimmer", sagt der Walter, bevor er sich mit der zweiten Weinflasche in seine Einzelstube zurückzieht. „Da bleiben wir nicht!"

Im Saal läuft der Fernsehapparat: ein sandfarbener Western ohne Filmmusik. Nur ein Banjo wird zur langsamen Handlung gezupft. Wir kommen zu spät. Nach wenigen Minuten schleichen die Schlußtitel von unten über den Schirm. Die kurzsichtige Sprecherin kündigt einen Zombiefilm an.

„Den hat uns der Walter verboten", verkündet der Gnu und dreht ab.

„ Warum?"

„Bei uns gibt es nur einen lebenden Toten."

Ich verstehe, kenne seinen Namen, lache dem Gnu ins Gesicht: Handschlag, saubere Lösung, Versöhnung, noch ein paar Bier. Sein Verhältnis zur Eva ist inzwischen auch beendet. Behauptet er zumindest.

„Drei Kreuze", meint er. „Ich rühre sie bestimmt nicht mehr an!"

Seine verdrehte Rechtfertigung, warum er in meine

Suppe gespuckt hat, lautet nach Heinz Rühmann: Die Motten umschwirr'n mich – wie Frauen das Licht.

„Die Eva widmet sich jetzt der wirklichen Jugend", sagt er schließlich. „Führerbefehl!"

Sind wir schon wieder ein Gespann oder nur Dick und Doof? Was ist mein Kopf? Schlamm, Hamsterrad, Friedhof? Wir machen noch einen gemeinsamen Ausflug. Zum Gehen ist der Gnu allerdings zu betrunken.

Er lenkt den Jeep beim privaten Nachfassen in den Ort. Am Würstelstand beim Hauptplatz, der auf den wunderlichen Namen *Zum Friedensrichter* hört, steht ein fetter Mann, möglicherweise Sozialist: Schweinchen Dick lebt. Es werden nur mehr trockene Rippchen mit Mayonnaise und Tiroler Krensenf serviert. Wir nehmen trotzdem an. Der Gnu steppt vor dem Stand, versucht eine Pirouette und stürzt.

Der Gnu mag noch nicht ins Depot. Er lenkt den Jeep in die Au, will den Karli heimsuchen.

„Testen", sagt er.

„Das hat keine Pointe", sage ich.

„Was existiert, hat Feinde", erwidert der Gnu und läßt sich nicht beirren. Das Fahrzeug bleibt mitten auf dem Weg mit Traktorfurchen zurück. Die Taschenlampe nimmt der Gnu mit, obwohl Vollmond ist. Allzu leise müssen wir nicht sein. Der Karli darf seinen Vorposten ja nicht verlassen. Der Gnu trampelt sowieso auf jeden Zweig, der ihm im Weg liegt.

Als wir beim Jägerstand eintreffen, steigt jemand die genagelte Leiter nach unten.

„Die Ratte auf der Flucht", sagt der Gnu und glaubt, gerade rechtzeitig gekommen zu sein. Daß die Gestalt, auf die er sich stürzen will, eine dunkle Uniformhose und ein

Hemd anhat, merkt er nicht. Es ist der Walter, der auf uns zugeht.

„Alles in Ordnung", sagt er und staunt: „Was macht ihr hier?"

„Was machst *du* da?" will der Gnu wissen. Ist ihm auch aufgefallen, daß der Walter überrumpelt wirkt?

„Testen", sagt der Walter.

Der Gnu erkennt sein eigenes Wort und verzichtet auf weiteres Mißtrauen. Der Walter geht mit uns zum Jeep. Seine obersten Hemdknöpfe sind offen. Ich habe zum ersten Mal wirklich Verdacht. Ein ärgerer ist bei uns undenkbar. Vielleicht passen wir dem Walter gerade jetzt nicht in den Kram. Er läßt sich nichts anmerken und pfeift: *Singin' The Blues*.

Hinten im Jeep findet eine Hand vom Walter wieder auf meine Schultern. Sein Gesicht glotzt in den hellen Mond. Ich bin zum Einschlafen müde. Was folgt? Ein Schweigen, das ganze Ortschaften aus dem Schlaf reißen könnte. Zum Gnu sagt der Walter: „Vorwärts!"

> (Mein Witz.)
> Wenn ein Türke und ein Jugoslawe vom Donauturm fallen, welcher von den beiden kommt als erster unten an? – Ist das nicht egal?

(Klartext.)

Die alten Kameraden sollen an den Biertischen verkommen. Die Zyniker haben uns nichts mehr zu sagen. Sie spielen sich als Oberlehrer auf und wollen Einfluß. Die Zeit für nationale Prediger ist vorbei! Wir sagen es stolz: Wir sind Deutschsozialisten! Österreich ist nur ein Wind der Geschichte. Wir brauchen keine Empfehlungen und

Ratschläge. Wir *sind* die neue Ideologie! Wir *sind* die neue Ordnung!

Die Hauptgegner sind erkannt: das Kapital, der Kommunismus, der Staat, der sich demokratisch schimpft und uns täglich betrügt. Unser Sozialismus ist Volkssozialismus. Der hat mit Arbeit zu tun, nicht mit Klassenkampf. Arbeiten müssen Unternehmer *und* Arbeiter, Faust *und* Hirn. Der Gegensatz ist altbacken. Jeder andere Sozialismus ist verlogen, pervers, ein falsches Etikett.

Viele von uns kennen die Arbeitslosigkeit ganz direkt. Der Staat verspricht uns gar nichts mehr, vergibt Arbeit wie Almosen. Bei Privaten bettelt er ernsthaft um Arbeits- und Lehrplätze. Er hätte die Macht und nützt sie nie aus. Soll uns die Tiertante in „*Wer will mich?*" vermitteln?

Sollen wir uns genieren, daß wir noch Deutsche sind? Sind wir gekommen, um umzukommen? Wir sind nicht freiwillig gekommen. Wir wollen gebraucht werden. Wir sind deutsch und verlangen unser gutes Recht!

Die Ausländerfrage ist einfach. Nur die alte Politik und die alten Parteien wollen Verwirrung stiften. Es war von jeher falsch, daß wir Ausländer ins Land geholt haben. Jetzt, wo wir selbst genug Arbeitslose haben, ist es ein Verbrechen. Die Ausländer müssen zurück. Sie haben ein Recht auf Heimat. Aber bestimmt nicht bei uns! Wir müssen *gastfrei* werden.

Was macht der korrupte und übergeschnappte Staat in der Ausländer-Frage? Die Staatsbürgerschaften werden den Fremden immer noch nachgeworfen. Was macht das einheimische und jüdische Kapital? Es belügt uns frech und zieht die Ausländer uns vor. Geschäft ist Geschäft. Die Kommunisten reiben sich zufrieden die Hände.

Und was durch keinen Krieg gelungen ist, soll durch die

absichtliche Vermischung der Rassen auch noch geschafft werden. Der Deutsche muß wirklich häßlich werden. Wir sind anders und besser. Wir haben Talent, Fleiß und Genie. Wir haben Vergangenheit und Zukunft. Die Vermischung soll sie uns nehmen!

Wir haben die Lehren aus Faschismus und Nationalsozialismus gelernt. Der Deutschsozialismus verwendet, was Bestand hat: die Volksgemeinschaft, die Kameradschaft, die Arbeitsfront, den Sozialismus, das passende Wort. Wir sind um Oktaven weitergegangen. Und die Zeit läßt uns nicht im Stich.

Wenn wir uns demnächst Wahlen stellen, dürfen wir nicht vergessen, daß das nur eine Nebenfront sein kann. Das Ziel unseres Dienstes ist die umfassende Macht, Gerechtigkeit und verdienter Wohlstand für den deutschen Menschen.

Bescheidene Siege sind von keinerlei Interesse. Wir kämpfen und wir sind auf den Kampf vorbereitet. Das Alte tritt ab, wir treten auf und an!

(Lothar Altmann, 72, Zeitungsherausgeber:)

Wenn mich was sticht, handle ich ohne Zögern. Ich habe immer gespürt, was läuft und was nicht. Der rotzige Maler ist abserviert, bevor er gewußt hat, was los ist. Der Feigling hat seine Zelte schon abgebrochen, ist auf Dauer nach Wien geflüchtet. Und er wird mich noch immer nicht los. Ich sorge dafür, daß er nur den schlechtesten Preis für seinen Palast kriegt.

Der einzige, der für ihn Stellung genommen hat, war ausgerechnet der Pfarrer. Der kann sich sonst auch nicht entscheiden, ob er auf Kamele oder Pferde setzen soll. Kein Wunder, daß sich die Leute reihenweise aus der Kirche verabschieden. Ich habe schon vor 20 Jahren die Konsequenzen gezogen.

Was Sie sonst über mich gehört haben können, sind plebejische Kaffeehausgerüchte. Tatbestand ist, ich bin überall gut angeschrieben, sogar bei der Kneter Gendarmerie. Gerade, daß sie mir nicht mit Blaulicht voranfährt, wenn ich den Bürgermeister zum Mittagessen treffe. Was ansteht? Die Förderung meiner neuen Druckerei. Erster Kontakt.

Der einbeinige Kriegsversehrte hat die versoffene Krüppelpfote an Führers Geburtstag beinahe mit dem Wagen abgeschossen. Das weiß jeder im Kaff. Der Kommandant Führer hält sich zurück. Schwache Stunden, schwaches Leben. Knet-Bewußtsein. Ich halte mich genauso heraus. Zumindest, solange das Leben seines Hundes ein Teil meines Lebensunterhalts ist.

Der Walter holt den Gnu und mich bei der Trafik zum Baden ab. Das Hallenbad im Sportzentrum von Knet ist ihm zu klein, das Dianabad in Wien zu verjudet. Er fährt über die Tangente zum Amalienbad, auch wenn das am anderen Ende der Stadt liegt.

Im großen Becken spielen wir Wasserball. Der Karli kommt auch an, und ich habe schon wieder Verdacht. Der Walter beachtet den Lippenbär kaum. Im Gegenteil. Er taucht knapp an mir vorbei, schwimmt mir nach, läßt mich beim Kraulen gewinnen.

Unter der Dusche findet er den Platz neben mir, dreht auf heiß, daß es dampft. Hat seine Hand meine Hose vorne zufällig berührt? Und jetzt? Ich spüre die Reaktion. Er geht statt mir einen Schritt zur Seite.

Vor den Garderobekästchen steht er plötzlich allein

neben mir, greift wortlos in mein Gesicht. Ich will mich auf die Bank setzen. Er schiebt mich in einen abgelegeneren Garderoberaum.

Er zieht meine Hose ein Stück nach unten, geht in die Knie, kommt mit dem Kopf. Mein Herr ist ein Kind. Den Walter scheint das nicht zu stören.

Kurze Erinnerung. Einmal hat mich der Direktor mit einem anderen während der Religionsstunde im Gymnasiumklo erwischt und trotzdem falsche Schlüsse gezogen. Die drei Stunden Schulhaft wurden für verbotenes Rauchen ausgesprochen. Verwehte Kindersünde.

„Es kommt wer", lüge ich nach ein paar Sekunden und laufe zu meinem geöffneten Kästchen. Kein Gnu weit und breit.

Von der unnatürlichen Zunft, die ich dem Walter nie zugetraut hätte, verstehe ich nicht viel. Ich weiß nur, daß es Macher und Lasser gibt. Der Walter gehört mit Sicherheit zu den zweiten. Deswegen hat er den trainierten und häßlichen Knaben im Jägerstand besucht.

Er kriegt mich noch ein zweites Mal in den Nebenraum. Wieder nur für Sekunden. Ich richte mein Kreuz auf. Kann es mir gefallen oder suche ich nur meine Chance?

„Auf dem Klo ist es ungefährlich", stöhnt er. Der Bestimmer bettelt, rutscht auf den Knien. Ich werde sicherer und lehne strikt ab. Auch den Gang zu seiner Kabine. Als er vorher als einziger eine Kabine genommen hat, habe ich nichts geahnt. Ich stehe nicht besonders aufs Schwimmen. Der Walter hat sich selbst in Gefahr begeben. Er ist die Fliege im eigenhändig gespannten Netz. Gleich macht sich das Weltverständnis noch kleiner: „Ich mag dich."

„Geht mir zu schnell", erkläre ich. „Und Zeugen will ich erst recht keine haben."

„Du kannst mich besuchen."
„Daheim?"
„Du weißt, wo es ist."
„Nein", sage ich entschlossen. „Du kannst mich am nächsten Samstag mitnehmen."
Das bringt Zeit. Er stimmt zu, normalisiert sich und gibt den Weg in mein Strickhemd und die Samtjeans frei.
„627-140", sagt er.
„Was ist das?"
„Meine Telefonnummer. Die hat sonst niemand."
Ich weiß, daß er eine Geheimnummer hat, die in der *Propaganda* unbekannt ist. In seine Wohnung ist auch noch keiner von uns vorgedrungen. Der Walter schreibt die Nummer mit meinem Kugelschreiber auf, dann bietet er mir ein paar Hunderter für ein Taxi an. Ich lehne schon wieder ab und verlasse als Sieger die Szene.

(Stammbaum.)
Der Vater vom Gnu hat ein kleines Tiergeschäft beim unteren Stadtplatz. Seine Mutter ist im Alltag verschollen. Der Vater vom Karli hat selbst keine Arbeit und kann seine Hand oft nicht halten. Die Mutter pflegt Räume. Der Vater vom Erwin ist pensionierter Geldbriefträger und aktiver Trinker, seine Mutter nach zwei Schlaganfällen in christlicher Pflege. Der Minks-Vater ist Herrenmensch a. D. und war fünf Jahre in russischer Gefangenschaft. Die Mutter hat eine kleine Gärtnerei. Wir kommen von überall her.

Kopfschmerzen im durchhängenden Bett. Ich liege mit hilflosen Gedanken wach. Der *Angriff* ist wirklich zu schnell gekommen. Bin ich nicht mehr von der Art, die nimmt, was sie braucht? Soll ich mich erobern lassen? Gefühle von Mann zu Mann? Nie im Leben. Vielleicht verfolgt der Walter nur einen Plan, den ich noch nicht begreife.

Meine *schöne* Hand kriecht unter die Decke. Ich bin nicht verseucht. Die Seite-7-Nackte muß es mir beweisen. Komm, Lady Jennifer, streng dich an.

(Noch ein Traum.)

Ich bin zwischen Eingang und Zimmer. Auf dem Bett ein schönes Stück Haut. Ein Dienstmädchen von vielen, berichte ich mir mit Geduld. Der Name auf dem Lebkuchen bleibt gleich. Ich schreite ohne Tätigkeit auf dem Linoleum in der Küche und im Vorzimmer hin und her. Soweit ich es beurteilen kann: mit Vorsatz und Verstand.

„Robert!" schreit die Komparsin aus dem finsteren Zimmer.

Ich komme elastisch aus meiner Schutzschicht.

„Ist die Tür abgesperrt?"

Ich weiß, daß ich die Tür nur zugeworfen habe, stürze hin. Der Schlüssel läßt sich nicht drehen und zerbricht im Schloß. Schon will wer die Tür mit Wucht aufstoßen. Ich stemme mich dagegen. Durch den Spalt ein Blick auf geschnürte Bergschuhe. Und doch bekomme ich die Tür noch einmal zu. Der rasch genesene Schlüssel sperrt doppelt ab. Draußen gibt man noch nicht auf, rammt weiter. In der Wand um die Tür ziehen Risse auf.

Bei der großen Kreuzung eilt vor der Meinl-Filiale die *Mumie* hin und her: ein ägyptischer Zeitungsverkäufer, der auch an warmen Tagen dick verpackt ist und einen Wollschal trägt. Ich stehe auf dem Gehsteigrand und zeige mit dem rechten Daumen nach Wien. Die *Mumie* läßt keinen Passanten unangesprochen und bleibt trotzdem auf den Zeitungen sitzen. Er nimmt es gelassen. Einen Kollegen oder Freund gestikuliert er immer wieder an und schreit ihm Sätze hin, die möglicherweise komisch sind, weil er selber schallend lacht. Vögel, die am Morgen singen, frißt am Abend die Katze.

> (Notiz.)
> Der bei uns zu Recht verbotene Adel spielt sich auch schon als Widerstand auf. Der Kaisersohn will schon in den dreißiger Jahren gewesen sein, was er jetzt noch nicht ist: Staatsmann. Lächerlich. Der kann dem Kurti die Hand geben.

Die schwarzen Uniformhosen sind Pflicht. Die Demonstration der Gegner des Präsidenten wird kurz vor dem Praterstern überfallen. Der Walter hat verläßliche Informationen über die Route, die die Schreihälse nehmen wollen. Allzu viele Demonstranten sind es heute nicht: ein überschaubarer Haufen. Die Pflichterfüllung der Gegner ist auch nur mehr Routine.

Wir haben leichtes Spiel und greifen von zwei Seiten an. Zuerst nur mit Stichworten, Rempeleien. Wir geleiten den Zug. Ein paar Demonstranten scheren wie erwartet aus, stellen sich wütend, schlagen her. Das ist das Zeichen zum Ernst.

Der Gnu zieht einer Demonstrantin einen Papiersack von hinten über den Kopf, schlägt zu, wirft sie um. Die anderen arbeiten mit den Stöcken. Ich nehme mir einen nicht zu großen Grauhaarigen vor, der schimpft und spuckt. Er landet auf dem Pflaster und will Fußtritte anbringen. In den Augen überheblicher Stolz. Was kann er mir beweisen? Daß ich ein Kind bin, das mit schlechten Noten heimkommt?

Wir sind nicht einmal vierzig und treiben ein paar hundert Männer und Frauen auf der zugigen Straße auseinander. Die Polizei leistet sich eine minutenlange Schrecksekunde und unternimmt zunächst nichts.

Ein paar Demonstranten rennen davon. Die mutigeren versammeln sich in der Rotensterngasse, bilden Ketten und dröhnen mit Nazi-Sprüchen. Immer fällt ihnen nur ein Wort ein. Jetzt fliegen die Stinkbomben. Wir gehen auf Konfrontation, bilden selber Reihen; höchstens drei Meter entfernt. Hinter den Demonstranten formieren sich wütende Autofahrer, denen der Weg in den Feierabend versperrt ist. Der Walter fängt mit *SA marschiert* an. Wir stimmen ein.

Jetzt mischt sich die Polizei doch ein, kommt im Gänsemarsch an und fädelt sich zwischen den Blöcken ein. Die Polizisten kriegen Druck von beiden Seiten, werden von Eiern und ein paar Steinen getroffen, die für die Demonstration gedacht waren. Recht geschieht ihnen. Sie decken die Verräter. Ein höherer Dienstgrad brüllt herum. Der Walter weiß gleich die richtige Taktik. Wir schmettern mit voller Wucht die Bundeshymne. Zwei Hände sind das beste Megaphon.

Die Demonstranten pfeifen gequält auf. Ich kann es verstehen. Ihrer Meinung nach haben wir keinen Anspruch auf die Hymne. Ihr Pfeifkonzert ist trotzdem dumm. Das will nur der Walter hören. Bewerfen können sie uns nicht. Darauf sind die Klassenkämpfer, die jetzt den Geruch verbreiten, der ihnen zusteht, nicht vorbereitet.

Die Versuche der Polizei, einzelne von uns zu stellen,

sind kraftlos und haben keine Folgen. Wir marschieren plötzlich und in kleinen Gruppen ab. Der zweite Angriff wird vom Walter abgeblasen. Unser kleiner Gott ist mehr als zufrieden, hofft sogar auf gute Presse. Mir widmet er einen schmachtenden Blick, der mich trifft, weil ich glaube, jeder muß ihn richtig deuten können. Ich bleibe nicht an seinen Fersen, ich tauche mit dem Gnu in den Prater ab.

Schon in der Dunkelheit stimmen uns ein paar Gläser Bier in verschiedenen Gastgärten ein. Verrückt nach Abenteuern. Wir sortieren auf dem Holzrand eines Autodroms Mädchen und Frauen. Heute Nacht holen wir uns, was wir haben wollen. Der Gnu ist entschlossener. Er macht sich an einen Wagen heran, prügelt einen Gymnasiastentyp von der Seite einer Blonden, steigt ein und hat schon die freie Hand auf ihren Oberschenkeln. Das Mädchen hat Freundinnen, die ausgiebig quietschen. Der Gnu läßt sich nicht stören, parkt mit der Blonden im hintersten Winkel der blanken Fahrbahn.

Jetzt quetscht sich eine dicke Catchergestalt, die trotzdem in einen hellblauen Jogginganzug paßt, aus der Kassa-Kabine und rennt los. Der Gnu kann mich nicht hören. Der im Gesicht rot zugewachsene Fleischberg holt ihn am Kragen wie ein Kaninchen aus den Träumen, fegt ihn die Holztreppchen hinunter. Wir flüchten sofort. Ich kann beim Wegrennen wenigstens den Beifahrer der Blonden stürzen.

In der *Grünen Hütte* kriegen wir noch zwei kalte Dosen einer Salzburger Brauerei. Wir reißen sie im Freien auf; bei den Stehtischen neben der Hütte.

Ein kaputte Frau in zerfetztem Plastikmantel liegt mit dem Kopf auf dem Nebentisch. Zwischen ihren Nylontaschen blinzelt sie den Gnu und mich lange an, bevor sie heranwackelt. Das alte Wrack will reden, bekommt aber mit ihrer Männerstimme kein vernünftiges Wort zusammen. Anscheinend will sie Geld. Der Gnu hat eine schwache Sekunde und gibt ihr einen Schein. Die Alte bedankt sich mit einer koketten Geste und verzieht sich ins helle Geschäft.

„Die kommt wieder", sage ich. Sie hat ihre Schätze und sogar eine räudige Handtasche zurückgelassen.

Nach zwei Minuten trifft sie mit einer kleinen Flasche Inländer-Rum ein. Sie will unbedingt mit dem Gnu teilen, strahlt ihn mit ihren Zahnresten und grauen Augenbrauen an. Er will sie wegschieben. Ist die zerfallene Obdachlose alles, was wir haben *können*? Die Frau gibt nicht auf, hält dem Gnu das Fläschchen hin, will ihn wie ein Baby füttern.

„Widerlich", sagt der Gnu in meine Richtung und stößt sie zurück.

„Dein Aufriß", sage ich und will mit meiner Dose weggehen.

Die Alte klammert sich an den Gnu, will sich gefügig anbieten. Der Gnu schleudert sie im Reflex mit einer einzigen Bewegung von sich. Sie kippt gegen die Stange eines Plakats: Vienna is happy to see you. Dann knickt sie ein und sackt auf einen Kanaldeckel. Sie begreift noch immer nicht, schreit nicht einmal, weil sie bestimmt schon hundertmal verprügelt worden ist.

Der Gnu kommt in Wut, dreht durch, traktiert die Frau mit ausholenden Tritten gegen Beine, Bauch und einmal ins Gesicht. Sein Geheul ergibt jetzt auch keinen Sinn. Ich muß ihn anschreien und wegzerren. Jeden Moment kann wer auftauchen, und das nächste Wachzimmer ist viel zu nah. Der röchelnde Kopf der Alten liegt in einer Blutpfütze.

Wir flüchten schon wieder mit (wie im Traum) fast versagenden Beinen; quer durch den Prater und den sanften Abend zur sicheren U-Bahn.

Die Tarockrunde im Café muß heute ohne vierten Mann auskommen. Der Fleischhauer hat sich mit seinen Schmerzen ins Landeskrankenhaus gelegt. Lothar Altmann hat unausweichliche Pflichten als Aufsichtsratsmitglied. Der Lokalbesitzer kann nicht einspringen. Er will sich nicht wurzen lassen. Beim Tarock scheitert er schon an den Grundbegriffen.

Dafür trägt er einen Witz vor, den er am Nachmittag im Gemüsegeschäft gehört hat: Nach neuester Meldung sei der Bundespräsident im Widerstand gegen Hitler gewesen. Wer sagt das? Sein Bruder soll im KZ umgekommen sein. Vom Beobachtungsturm gefallen.

Die Kartenspieler schweigen wie Eis.

Hintermann

Das bedeutet doch nichts, sagte der Gast, es hat schon mancher um Hilfe geschrien, bevor er wußte, daß es überflüssig war.

Barbara König

Der Vater tunkt Schwarzbrotschnitten in sauren Rahm. Weiß er, daß schon der Hitler für Schwarzbrot Reklame gemacht hat? Die übliche Arbeitsplatzfrage bleibt nicht aus. Das Läuten des Telefons nimmt mir die Antwort ab. Der

Gnu will wissen, ob was in den Zeitungen steht. Anscheinend ist er heute gar nicht aus der Wohnung gegangen.

Die Frau heißt in den Zeitungen *die beschäftigungslose Herma Günther.* Sie liegt bewußtlos im Hanuschspital. Die Ärzte rechnen damit, daß sie in ein oder zwei Tagen aufwacht. Sie wird ihr Leben, das nicht einmal ein Dasein ist, wieder aufnehmen können. Die Polizei vermutet eine handgreifliche Auseinandersetzung unter Obdachlosen. Das Tatortbild hat mit meiner Erinnerung nichts zu tun.

Kaum noch Stimmen gegen das Staatsoberhaupt, freut sich die Überschrift eines kleinen Berichts über die gestrige Demonstration. Daß der linke Radau die Bundeshymne ausgepfiffen hat, wird von den kommentierenden Sittenrichtern bedenklich gefunden und gerügt. Der Gnu will mit mir zur *Propaganda*. Ich sage ab. Ich will allein durch die Stadt streifen.

Der Vater, der ein Doktorat hat, sitzt wie ein Prolet im Unterleibchen beim Tisch, raucht ein jugoslawisches Kraut und liest im Parteiblatt, warum es egal ist, wer in Amerika Präsident wird. Druckfrisches Altpapier.

Ich melde mich mit einem gemurmelten Satz ab. Der Vater läßt nicht einmal ein Vorwürfchen hören. Er *schläft* am hellichten Tag weiter. Im Vorzimmer nehme ich mir 50 Schilling aus seinem Katalog-Sakko. Wenigstens für die Busfahrt nach Wien soll er aufkommen.

Die *Mumie* tanzt mit den Zeitungen an der Kreuzung zwischen den vor der Ampel haltenden Wagen, die aus der Stadt kommen. Mich begrüßt er wie einen alten Kameraden, obwohl ich noch nie eine Zeitung gekauft habe. Der Drexler, der Ruhetag hat, bleibt stehen und nimmt mich in seinem Diesel-Golf mit, bevor mich der Bus aufsammeln kann.

Durch die Mariahilfer Straße trotten fast nur Ungarn, auf der Suche nach elektrischen Geschäften. Keine Ahnung, wo die das Geld fürs Hamstern herhaben. Wenigstens sind sie leiser als die Italiener. Die dauerhafte Zweitakt-Wolke ihrer Autos und Busse durchweht die ganze Straße.

Vor dem Café WESTEND sitzen zwei Ungarn an einem grauen Tischchen im Freien und verzehren rosa Kuchen. Dabei rollt einem da der Verkehr über die Füße, und Unterhaltung ist unmöglich.

Im Westbahnhof-Gasthaus stehen nur Alkoholiker an den hochbeinigen Tischen. Die Alte von gestern ist in mindestens vier Verkleidungen vertreten. Der Türke auf dem verglasten Kassathron gibt den leicht bekittelten Serviererinnen laute Kommandos. Ich könnte ihn zur Rede stellen.

In der Halle spricht mich vor dem Pissoir ein ausgetrockneter Holländer mit Weinfahne und Blutblase im Gesicht an. Er hat sich geirrt. Für zwei Hunderter darf er sich selber betasten.

Er entschuldigt sich, wendet sich an einen Dunkelblonden mit ungewaschenen Haaren, der sein durchscheinendes Hemd bis zum Nabel offen hat. Der Blonde begibt sich bedächtig in die stinkende Toilette. Der Tourist in der Khakihose folgt drei Schritte hinter ihm. Ich bin unterwegs wie ein Tier, das reißen will.

Ein niedriges Mädchen in kurzem Sack und aufgelösten Sandalen will ein paar Schilling schnorren.

„Ich muß heute noch mit dem Zug nach Linz“, behauptet sie mit abschätzigem Blick und hält die rechte Hand auf. Den Daumen streckt sie steif weg.

„Ich bin Zivilpolizist“, sage ich ihr in die roten Augen. „Du bist verhaftet.“

„Ich richte es mir aus“, sagt sie und schüttelt den Pferdeschwanz. „Interesse?“

„An was?“

„An mir.“

„Soll ich mich verlieben?“

„Zahlen.“

„Hab ich das notwendig?“

„Bei mir schon.“

Ich schiebe sie achtlos zur Seite und gehe zur Rolltreppe. Sie schreit: „Au!“ Das ruft einen nicht so niedrigen Herrn auf den Plan, der genauso verwahrlost ist. An seiner Seite noch so ein weiblicher Zwerg. Offenbar schickt er die beiden im Bahnhof auf Tour.

Ich husche ausnahmsweise in die Nähe eines jungen Polizisten, der nur in sein Funkgerät lauscht und die Vorgänge im Bahnhof nicht beachtet.

Als ein Trupp johlender *Skinnies* mit zwei älteren Rudelführern über die zentrale Stiege aus dem ersten Stock kommt, weicht der Beamte flott in die Gastwirtschaft aus. Die *Skinnies* stänkern. Ein Zeitungsverkäufer ist das erste Wild. Einer der gestiefelten Horde hält ihm ein Frettchen ins Gesicht. Der Verkäufer reagiert fast gelassen, macht zwei Schritte zurück und stützt den Rücken gegen die Mauer. Er läßt sich nicht provozieren. Die *Skinnies* ziehen im Laufschritt auf den Parkplatz vor dem Bahnhof ab. Das neutrale, zufällige Personal staunt mit hochgezogenen Brauen und ist froh, ungeschoren davongekommen zu sein.

Dem Telefon in der ersten Holzzelle ist der Hörer ausgerissen worden. In der zweiten Zelle kommt nie eine Verbindung zustande, und ich bin fast soweit, mich auch am Hörer zu vergreifen. In einer Kabine im ersten Stock komme ich doch noch bis zum Walter durch. Er gibt sich überrascht, zögert aber nicht.

„Willst du vorbeikommen?“

„Vielleicht.“

„Ja oder nein?“ Am Telefon hat er den gewohnten Befehlston und bettelt nicht.

„Ja.“

Der Walter nennt seine Adresse im zehnten Bezirk: Columbusgasse. Mir war bis jetzt nur sein Schlupfwinkel bei der Großmutter in Knet bekannt.

„Du kannst ein Taxi nehmen.“

„Du wirst mich erwarten können.“

Er soll nicht glauben, daß er mir noch als Meister kommen kann. Dieses Mal lehne ich das Taxi nicht ab.

Der Taxifahrer ist ein Araber mit langen Gesichtsnarben. Er muß viermal im Straßenverzeichnis nachschauen. Im Auto stinkt ein grüner amerikanischer Wunderbaum. Im Radio erläutert eine Sittichstimme, wie man die Flüchtlingswelle nach Österreich stoppen könnte.

Der Walter wohnt in einem unscheinbaren Zinshaus. Direkt unter dem Dach. Der alte Aufzug sieht gebrechlich aus. Ich verlasse mich trotzdem auf ihn. Daß der Walter hier daheim ist, verrät das in den matten Spiegel geritzte Hakenkreuz. Und die Verheißung in Filzstift: SIEG.

Die mit Katzenaugen gespickte Wohnungstür öffnet der Walter im Judogewand. Formlose Begrüßung und harmlose, abgehackte Gespräche bei Tisch. Fast wie bei der Eva. Der Walter hat Wurstomeletten gemacht und berührt mich unter dem Tisch mit den Knien. Ich weiche nicht aus.

Die Wohnung ist mit altdeutschen Kästen, Tischen und Stühlen gefüllt. Im Vorzimmer hängt ein molliger Engel mit dunkler Skibrille an der Wand und Witzbilder der Geschichte: Napoleon, Chamberlain, Stresemann, Golda Meir. In einem Regal sind fünf Braunau-Bierkrüge auf Bierdeckeln mit Kreuzen, Panzerspangen und jede Menge Gedenkmünzen: der einzige Fleck Ordnung im idyllischen Durcheinander der Wohnung.

In einem der Kästen hängt eine steife SA-Uniform. Der Walter ist auf der Suche nach einer Schaufensterpuppe, der er sie anziehen kann. In der *Burg* hat er die Uniform schon selber getragen. Tiger, einer der Pit-Bulls, liegt mit wachen Augen vor der Eingangstür.

„Soll mir der den Rückweg abschneiden?"

„Du bist freiwillig da. Was erklärst du deinen Eltern, wenn du in der Nacht herumziehst?"

„Ich erkläre längst nichts mehr", sage ich abfällig.

„Was ist mit der Eva?"

„Frauen sind nur der Rand der Bewegung", deklamiere ich. „Tüchtig, fleißig *und* unzuverlässig."

„Wer sagt das?"

„Du."

Der Walter sieht mich an wie angeschwemmtes Strandgut. Dann meint er, daß wir ungestört sein werden. *Geschäftliche* Anrufe sind nicht zu erwarten. Bevor er mir Liebeserklärungen macht, stehe ich auf und gehe vor ins Schlafzimmer. Er folgt im gleichen Abstand, den der lechzende Tourist in der Bahnhofshalle eingehalten hat. Der Hund bleibt winselnd im Vorraum.

Über dem breiten und schwarz bezogenen Bett hängt ein gezeichnetes Hitler-Portrait. Ich ziehe mich rasch bis auf die Unterhose aus. Er wartet im Türkensitz und erklärt mir, daß der bei ihm Schneidersitz heißt.

Ich schalte das Licht ab. Will ich nur anonym sein oder den Walter nicht sehen? Ich schwitze. Der Walter greift nach meinen Oberarmen. Er riecht nach irgendeinem Männerwasser. Er läßt sich Zeit, bevor er mit den nassen Lippen in mein Gesicht kommt. Ich spiele mit, ich rechne. Ich *kann* jederzeit zurück. Ich bin normal. *Ich* nütze *ihn* aus. Ich bin die Falle. Er schmeckt im Mund nach Cola. Ich brauche keine Nackte von Seite 7, an die ich jetzt leidenschaftlich denken könnte. Wir sind Butterbrotscheiben.

Der Walter beherrscht jeden Griff, und mir ist bald egal, wer sich hier mit mir abgibt. Der Walter ist kein Mann, nur eine Ansammlung von zärtlichen Körperteilen. Kann *ich* ihm was vorwerfen? Heute blickt mir jedenfalls kein faltiger Marxist über die Schulter. Nur der Führer schaut zu. Vielleicht habe ich wegen ihm das Licht abgedreht. Und Hintermann bin ich im doppelten Sinn auf jeden Fall bald.

(Anton Byrle, 52, Seelsorger:)

Ich kann mich in dem Nest nicht mehr halten. Sogar der Mesner, der altgedient ist, will mir Vorschriften machen. Ein vernünftiges Wort will im Moment niemand hören. In der Altmann-Zeitung findet wöchentlich statt, was in der *großen* kleinen Tageszeitung täglich stattfindet: Stimmung, Spiel mit der Stimmung, Fälschung der Ereignisse. Die kleine Kneter Zeitung hetzt im Auftrag des Herausgebers gegen Personen, Geschichtsbewußtsein und mit Lust gegen die Wahrheit. Ihr großer Bruder ist geschickter: Der Präsident ist widerspruchslos hinzunehmen. Wer ihn nicht akzeptiert, ist undemokratisch bis auf die Knochen. Antisemitismus gibt's bei uns nicht. Nur als leicht verständliche Reaktion auf *Verfehlungen* internationaler Juden. Und der Le Pen ist stets jeden sensationellen Artikel wert; immer mit einem harmlosen Familienbild mit Frau und Tochter garniert. Sogar für die Arbeitsplätze setzt man sich heutzutage ein. Kein Wunder. Geht es doch um die Arbeitsplätze in den verstaatlichten Waffenschmieden. Widerlich. Ich bin in Knet schon lange falsch besetzt. Der Bischof will mich ohnehin abziehen. Freiwillig gehe ich nicht, aber meine nicht abzustreitenden Schwächen werden leider als Vorwand genügen.

„Nurak Alavi“, sagt Lothar Altmann feierlich. Er schaut fordernd in die verschwitzten Café-Gesichter, die um den Stammtisch versammelt sind. Nur ein Jugendlicher sitzt im Nachmittagslicht vor dem klimpernden und blinkenden Spielautomat neben der Musikbox.

„Klingt nach Tausendundeiner Nacht“, meint der Hauptschullehrer.

„Schön wär's.“ Der Zeitungsmacher mit erneuertem Bein fixiert den Gendarm Führer. „Dir sagt der Name auch nichts?“

„Muß er?“

„Wer hat ihn denn einen Vormittag lang verhört und wieder entlassen?“

Jetzt dämmert es dem Gendarmen. Gestern ist beim Sportplatz ein sechsjähriges Mädchen belästigt und berührt worden. Er hat dem Kind auf dem Posten die Formulierung *dunkler Mann* herauslocken können und, daß es den Mann schon bei der Kreuzung mit der Ampel gesehen hat. Der eilig beschaffte Zeitungsverkäufer Alavi hat geleugnet. Das Mädchen ist nicht bei seiner Aussage geblieben.

„Da ist nichts dran“, sagt der Postenkommandant bestimmt. Er will endlich Tarock spielen.

„Die Kleine ist nur eingeschüchtert“, vermutet Altmann. „Gerade, weil ihre Eltern unbemittelt sind, werde ich mich einschalten.“

„Wie?“

„Ich drucke den feinen Herrn ab. Vorname, Zuname und den Standort, wo er seine Zeitungen anbietet. Der Rest geht von selber." Schon ist Lothar Altmann der Kaiser des Biertisches. Daß er als Draufgabe eine Runde spendiert, hat er keineswegs nötig.

„Die *Mumie* war es nicht", warnt der Gendarm.

„Hat er auf einmal ein Alibi?"

„Wer hat das schon?"

„Du kannst mich nicht abbringen."

„Aber einen kameradschaftlichen Rat kann ich dir geben. Laß die Finger von der Sache."

„Abgelehnt", sagt Altmann, plustert sich noch einmal auf und wirft die Karten auf den Tisch. „In drei Tagen steht er im Blatt. Und bestimmt prominent."

„Elite ist schneller als die Öffentlichkeit", prahlt der Walter und ergänzt den Satz mit einem Gesicht, das zumindest er für eindringlich hält. Eben hat die *Propaganda* durch den Gnu erfahren, daß die *Mumie* von der Bezirkszeitung der Kneter Bevölkerung zum Abschuß freigegeben wird. „Den holen wir uns schon vorher."

„Schießen ist dort kein Problem", verkündet der Erwin und will begeistert einen Waffen-Vorschlag machen.

„Schießen ist mir zu wenig."

Der Walter bestimmt ohne Rücksprache fünf Kameraden, die den Ägypter morgen im Auto stoppen sollen. Der Erwin ist wieder nicht erste Wahl.

„Ist das nicht feig?" frage ich.

„Aktionen mit sportlicher Einstellung liegen nicht auf unserer Linie", sagt der Walter. Kalte Gelassenheit. „Wie weit gegangen wird, liegt im spontanen Ermessen." Er rechnet mit leichter Beute.

Warum betrifft mich die Aufforderung zur Brutalität dieses Mal? Beim Sprengstoff, der den Rabbiner verfehlt hat, sind mir keine Bedenken gekommen. Der Walter imponiert mir jetzt in der entschlossenen Pose gar nicht. Ich weiß, daß er damit nicht die Mannschaft beeindrucken will. Nur mich. Ich bin kein Zinnsoldat, aber ich kann mich nicht wegstehlen.

„Der Tod ist nur ein eingetretener Schadensfall", erklärt der Walter später. Er hat früher Polizzen verkauft. Er nennt sie: Versicherungsscheine.

Die Rituale der Vorbereitung beginnen.

(Verlust.)

Ich bin fast 15. Ein Assistenzarzt hat mir am späten Vormittag die Mandeln genommen. Die Zusatzversicherung des Vaters kommt für das Einzelzimmer auf. Der Vater selber hat einen kleinen TV-Apparat gebracht, damit ich ein freundschaftliches Ländermatch nicht versäume. Kurz vor Mitternacht kommt eine feiste Frau, die mit einem häßlichen Gesicht geschlagen ist, ins Zimmer: eine Krankenschwester, die Nachtdienste liebt.

„Grüß Gott", krächzt sie. „Ich bin die Nachteule."

Sie betrachtet neben mir ein paar Fernsehbilder von einer Flugzeugentführung. Dann zwingt sie mir ein leichtes Valium auf, streicht meinen linken Oberschenkel entlang und spricht ohne Vorwarnung von der Notwendigkeit der Todesstrafe. Ich höre ihr mit gepreßtem Atem zu.

(Pro und pro.)
„Ich versuche das Ganze zu sehen."
„Sind Sie für die Liste?"
„Nein. Die Amerikaner sind verrückt geworden."

„Geblieben, mein Lieber."
„Die Juden übertreiben immer."
„Ruhe wird erst sein, wenn wir den Präsidenten in Tel Aviv wählen lassen."
„In Paraguay klopfen sie mir auf die Schultern."
„Und bei uns? Nur unredliche Vergleicher am Werk. Ständig."
„Man kann es nicht mehr hören. Der arme Mann."
„Warum springen ihn die Journalisten so hartnäkkig an?"
„Was soll man mit Handlangern machen? Sie an den Füßen aufhängen?"
„Dabei, ganz im Vertrauen, mein Fall ist er auch nicht."
„Warum?"
„Seine Argumente sind schwach."
„Erst seit er gegen die Straßenbahn gelaufen ist."
„Und sieht er nicht selbst wie ein groß gewachsenes Jüdlein aus?"
„Aber die Nase?"
„Die hat er vom Trinken."
„Und wenn er nicht trinkt?"
„Wer trinkt hier nicht?"

Als ich aus einem Bierlokal im Zentrum komme, bereitet die Sonne eben ihren täglichen Untergang vor. Ein sentimentaler Mann, angeblich rheumatischer Klavierspieler, hat mich auf zwei Fläschchen Altbier eingeladen. Anscheinend ohne Hintergedanken.

In zwei Stunden will mich der Walter bei sich haben. Er kann mich haben; mit meinem besten Lächeln.

Er kreuzt mir früher den Weg. Ich ziehe am Donaukanal entlang, rede mir ein, daß ich das Ziel des Spaziergangs noch nicht kenne. Ein Kuckuck läßt sich zwölfmal hören, und ich habe wie jedes Jahr kein Geld im Hosensack. Über die Friedensbrücke wechsle ich zum anderen Ufer. Was will ich in der Wäscherei auf der Lände sehen?

Ich muß das Lokal gar nicht betreten. Der Walter ohrfeigt die zierliche Schwarze in aller Öffentlichkeit. Auf der Wiese gegenüber sitzen Leute in der Dämmerung auf bunten Decken, reden, singen und wollen nichts sehen. Ein dunkles Kind auf einem Holzroller ist im nächsten Haustor direkter Zeuge. Ich gehe hinter einer Kiste für Streusand in Deckung. Der Schmerz kommt erst.

Der Walter schleift die Frau hinter sich her in die Wäscherei und erscheint gleich darauf wieder. Jetzt in männlicher Begleitung, die mir nicht unbekannt ist: der schwarze Türsteher vom ATLANTA; ganz in Wolle, ein schwebendes Schaf, das sich mindestens für Eddie Murphy hält; um den Hals ein glitzerndes Schmuckstück, groß wie ein Brustschild. Ich sehe gleich, was los ist.

Der Mistkäfer, den sich der Walter angelacht hat, ist einen Kopf größer und legt einen Arm um seine Schultern. Strichvogel. Aidsbombe. Spielen sie nur? Steckt was dahinter? Despotenpläne? Eine schäbige Hoffnung. Walters beiläufiger Griff ist unmißverständlich. Die Szene ist echt. Wem sollte das Schauspiel schon gelten?

Der BMW ist erreicht. Der Walter hat mich nicht gesehen. Wenigstens kann er nicht über mich lachen. Aber er lacht sowieso. Der Dreck küßt ihn auch noch. Oder ist es ein Biß? Mein Wissen aus erster Hand ist wertlos. Ich habe die Neuigkeit nicht auf Papier. Ich kann sie nicht wie ein kleiner Geheimdienstmensch auffressen und verdauen.

Daheim finde ich noch nach Stunden meine Wut ungebrochen berechtigt. Das gemalte, starre Lächeln des Negers treibt meine Spekulationen an. Würde mich nicht wundern, wenn der Walter seine Hände auch noch im Drogengeschäft hat. Und alles für die *Propaganda*, für das gemeinsame, ewige Ziel? Ich zweifle nicht einmal mehr.

Vom Kampf ohne Geld hat der Walter geredet, aber seinen Kampf ums persönliche Geld hat er gemeint. Er ist nur ein Schwindler, ein geschwätziger Gauner der Bereicherung. Ich könnte ihn ins Grab verachten.

Plötzlich bilde ich mir Walters Geschmack im Mund ein. Ich putze mir zum ersten Mal seit Monaten am Abend die Zähne. Walter Minks? Ein alter Mensch mit Schatten unter den Augen. Bedeutungslos. Ein broschiertes, ausgelesenes Buch. Zurück an die städtische Leihbücherei.

In einem Fernsehfilm heißt es zum dritten Mal: *Der Junge hat den Verstand verloren*. Wer hat einmal im Leben oder im Film den Verstand gewonnen? Ich kann schon wieder nicht einschlafen. Der Walter kriegt, was er braucht. Ein Anruf wird genügen. Ich bin vermint.

Hinterland

Unterdessen betrauern wir die Toten,
indem wir leben, als sei nichts geschehen.
Jakov Lind

Bevor wir vor der *Propaganda* in den Wagen steigen, hält mich der Walter mit Lederhandschuhen zurück. Ich halte seinen Blick spielend aus.

„Wir wollten uns gestern treffen."
„Ich war verhindert."
„Was Besseres gefunden?"
Ich lasse seine gegrinste Frage unbeantwortet. Er weiß nicht, was ich weiß. Kein Bedarf für eifersüchtige Meldungen vor den Kameraden. Soll er doch mit anderen Kontinenten kopulieren. Mich greift er nicht mehr an.

Das Bündnis zu fünft ist unterwegs zum einseitigen Straßenkampf nach Knet. Die *Mumie* tanzt nicht an der gewohnten Kreuzung. Sein verschnürtes Zeitungsbündel liegt auf den Stufen zur Sparkasse. Der Walter überlegt und steuert vergeblich andere Punkte im Ort an.

„Muß nichts bedeuten", hofft der Gnu.

Der Walter ist nicht seiner Meinung. Er schluckt die Panne nicht, er riecht den Verrat, und er hat ganz recht damit. Ich weiß, wer den Ägypter gewarnt hat. Der wird sich einige Tage nicht blicken lassen, seine Unterkunft, vielleicht sogar die Stadt wechseln. Aber ich weiß auch, daß mein Motiv einen Schmarren wert ist.

(Gerhard Jakostra, 42, Maler:)

In Knet fangen zu viele Argumente an mit: Wenn wir den Krieg gewonnen hätten, stünden wir nicht so da. Wären die Millionen, die in den Lagern und auf den Schlachtfeldern umgebracht wurden, dann nicht tot? Wären wir Ehrenmänner statt Mörder? Der Altmann spricht von netten Zimmerchen und Kojen in Mauthausen. Und Knet und die Politik kommen mit ihm aus, exerzieren Koexistenz. Keinem wird schlecht. Die Aufklärer haben mächtige Konkurrenz. An den Stammtischen war alles halb so schlimm. Verständnis regiert. Schon die Bezeichnung *die Juden*, womit nicht nur *gewisse Kreise* gemeint sind, halte ich für antisemitisch. Sogar im Lexikon. Wien ist nur ein Übergang. Hier ist Knet tausendmal versteckt. Ich flüchte weiter, weil ich es mir leisten kann: Lanzarote oder Mallorca. Ich bin so feig.

Ein bescheidenes Ziel ist nicht erreicht worden. Der Walter findet in der Niederlage flammende Worte: „Ein Spitzel hat sich eingeschlichen, ein böswilliges Furunkel!“

Ich gehe nicht in seine Nähe, obwohl seine Augen mich suchen. Er wittert den Verräter in Erwin, der sich heute nicht blicken hat lassen. Ich korrigiere ihn nicht.

„Spitzel werden immer entdeckt!“ behauptet der Walter. „Einen Prozeß gegen Spitzel kann es nicht geben!“

Der Walter ist in Form. Das Jungvolk lauert mit erstarrtem Blut und gespitzten Ohren auf jedes Wort. Mich wird der Verräter nicht mehr erobern.

„Man kann auf beiden Ufern sein“, sagt er später großzügig und privat, als ich ihm nicht mehr ausweichen kann. „*Wir* haben ja ein Studio für extravagante Massagen.“

„Ich spucke drauf.“

„Brav“, sagt er, weil er mich falsch versteht. Seine Eitelkeit ist nie gespielt. „Du übertreibst. Wirst du heute den Weg zu mir finden?“

„Kann sein.“

Die Tür wird bis zum Anschlag aufgestoßen. Der Erwin keucht: „Polizei! Unten im Lokal sind sie schon!“

Der Walter schreitet zum Fenster. Vor dem Gebäude stehen zwei kleine Wagen mit Blaulicht. Er wird nicht hektisch. Die Jungen wollen die Auseinandersetzung.

„Verrücktheit“, sagt der Walter.

„Wir ergeben uns?“ staunt der Erwin. „Ist doch nicht einmal ein Großaufgebot.“

„Eben“, sagt der Walter. „Wir lassen sie kommen. Die sollen ruhig herumwühlen. Hier sind nur Bücher und Zeitschriften und Leute, die für den Inhalt nicht verantwortlich sind. Die Polizei wird nur ein kurzes Gastspiel geben können.“ Jetzt holt er zum heiligen Versprechen aus: „*Unser* Spitzel wird mit dem Tod davonkommen!“

(Ansprache.)

Der Gnu hat sich als Bastler bewährt und aus billigen und gestohlenen Teilen einen Lautsprecher gefertigt, der mit einem Tonband mit Endlosschaltung verbunden ist. Das komplette Gerät, mit Strom für vier Stunden versorgt, landet ganz oben auf einer Kastanie und schallt durch den Stadtpark. Der Führer spricht wieder.

Der Clou sind die Sprengstoffattrappen, die der Gnu außen angebracht hat. Wir bleiben in der Nähe, wollen die Reaktionen miterleben.

„Kann man das nicht abstellen?“ fragt ein verknitterter Passant einen hilflosen Polizeibeamten, der seine grüne Kappe als Blende gegen die Sonne verwendet.

„Das kann man nicht abstellen. Der Entminungsdienst ist verständigt.“

„Seit wie vielen Stunden?“

„Hören Sie weg“, empfiehlt der Polizist freundlich.

„Ich bin nicht empfänglich“, lobt sich der Passant, „aber die jungen Leute.“

Er zeigt in unsere Richtung. Wir amüsieren uns weiter.

„Soll ich den Lautsprecher erschießen?“

Meine Schwestern plappern aufgedreht und probieren lange Kleider. Der erste Schulball, den sie gemeinsam aufsuchen dürfen, steht bevor. Ich tische der Mutter, die im

Krankenstand ist, tröstliche Geschichten auf. Ich hätte bei der *Arbeitermittelschule* vorgesprochen. Die würden mich als Schüler akzeptieren. Zuerst müsse ich aber eine Anstellung haben und die Bestätigung davon vorlegen. Die gerötete Mutter füttert mich mit Ananasbruch aus einem raschelnden Sackerl.

Der Walter hat sich nicht geirrt. Die Polizei hat der *Propaganda* bald wieder den Rücken gekehrt. Sie hatte sich bestimmt mehr erwartet. Die Personalien aller Anwesenden sind von Staatspolizisten aufgenommen worden. Das war alles, und viel wird nicht mehr kommen. Ich habe nichts erreicht; zumindest nichts von dem, was ich wollte. Meine Benachrichtigung des Ägypters und der kurze Anruf mit verstellter Stimme bei der Polizei hat nur den Walter gestärkt und die Truppe nicht gefährdet. Die *Propaganda* ist noch näher zusammengerückt. Man wird eine Weile vorsichtiger agieren müssen.

Der Erwin hat den ersten Verdacht Walters abwimmeln können; und nicht, weil er uns im letzten Moment vor der vor der Tür stehenden Polizei warnen wollte. Er kennt wie der Walter die Materialverstecke. Er hätte der Polizei bessere Adressen verraten können. Der Walter ist noch auf der Suche und kündigt baldige *Ergebnisse* an.

Ich springe aus dem Familienalltag ab, bevor der Vater eintrifft. Der Gendarmen-Pudel muß ausgeführt werden, lüge ich.

Der pünktliche Probealarm der Feuerwehrsirene, der von Samstag auf Donnerstag verlegt worden ist, begleitet mich zum Schubert-Haus: einem Gemeindebau mit abblätternder Öl-Fassade und verkümmertem Efeu, der nicht hochkommt. Ich läute beim Gnu an, der zu Hause ist. Er läßt mich vorbei in sein geräumiges Zimmer, das mir gefällt, weil hier nicht die Allianz von Großmutter und Mutter herumräumt.

Zuerst ist er nicht gesprächig. Er serviert pechschwarzen Frühstückskaffee mit Feigenzusatz und streckt mir ein amerikanisches *Penthouse* her. Ich bestaune die Farbbilder der geschminkten Frauen, die mit Kopf oder Hintern in die Kamera schauen.

„Du liest so was?"

„Lesen ist übertrieben."

„Wo hast du die her?" sage ich, weil ich neben seiner Matratze einen ganzen Stoß entdecke.

„Beim Pfarrer gestohlen."

Der Gnu legt eine Compactdisc in einen winzigen, grellroten Plattenspieler. Bald donnert es aus den Boxen.

„Anton Bruckner", sagt er. „Neunte Sinfonie, dritter Satz, italienischer Dirigent."

Ich bin beeindruckt, auch wenn die Musik von einem katholischen Trottel ist.

Soll ich den Gnu ins Vertrauen ziehen? Zu zweit läßt sich der Walter vielleicht doch abservieren. Ich vertraue lieber nur mir. Womöglich rennt er gleich zum Walter, und ich bin vorzeitig enttarnt.

Nachher versucht es der Gnu mit einer gewöhnlichen Platte der DEUTSCHEN EINHEIT. Das Label heißt in schwarzen Blockbuchstaben: Kraft. Die Wirkung stellt sich nicht ein. Wir kehren zu Bruckner zurück; zweiter Satz. Scherzo: bewegt, lebhaft. Die Fensterscheiben klirren. Ich wundere mich, daß sich aus den Nachbarwohnungen niemand aufregen kommt.

Der Gnu schält mit schmalen Lippen und hundert Stirnfalten Erdnüsse, als ich den Lautstärkeregler zurückdrehe. Ich mache es sachlich und direkt.

„Ich brauche eine Waffe."

„Willst du was kaufen?" Er ist nicht überrascht und bricht weiter Nüsse auf.

„Ausborgen."

„Der Erwin ist die bessere Adresse."

„Möglich. Den kann ich nicht fragen."

„Warum nicht?"

„Weil ihm nicht recht sein kann, was ich vorhabe."

„Was ist es?"

„Ich weiß, wo sich die *Mumie* versteckt."

„Und willst auf eigene Faust handeln?"

„Was dagegen?"

„Eigentlich nicht."

„Hast du was für mich?"

„Den Wehrmachtsrevolver vom Großvater hab ich vor Jahren eingezogen."

„Funktioniert der?"

„Ich hab ihn für alle Fälle in Schuß gehalten. Der ist absolut sicher. Millionenfach bewährt und nirgends registriert."

Er steht auf und beugt sich zu mir. „Nimmst du mich mit, Bruderherz?"

„Das ist nichts für zwei."

Dem Gnu fällt kein Einwand ein. Er rückt mit dem Revolver heraus, den er in einem Karton für Windbäckerei aufbewahrt. Er erklärt mir die unkomplizierte Waffe und holt Patronen aus einer Sockenlade.

Der Gnu verzichtet auf seine Erdnüsse. Wir brechen auf. Die Garage des Gemeindebaus spuckt uns auf dem Gnu-Moped aus. Große Geschwindigkeiten sind mit dem rostigen Gefährt nicht mehr möglich. Der Gnu kämpft auf der Wiener Straße mit dem Wind. Beim Schwedenplatz verlasse ich den Sattel.

„Ich komm noch in die *Propaganda*“, verspreche ich, „und erstatte Bericht.“

Der Walter steht im ersten Stock mitten im Zimmer, die Hände tief in den Taschen. Der Gnu muß getratscht haben, weil mich großes Hallo empfängt. Der Walter erwartet Bericht und Vollzugsmeldung, hat Zwettler Bier zum Feiern vorbereiten lassen. Das Bier hat der Vater einmal als Klosterbrunze abgeurteilt. Ich hole den Revolver aus der Windjacke, richte ihn dem Walter gegen den Bauch. Gleich ist es völlig ruhig.

„Ich bin alt genug, um mich selber umzubringen“, sagt der Walter. Er nimmt die Hände langsam aus den Taschen, will auf mich zugehen. Seine Bewegung und die drohende Bewegung der anderen stoppe ich mit einem Schuß. Ich ziele dicht am Walter vorbei in den Aktenkasten. Jetzt rührt sich keiner mehr vom Fleck.

„Spinnst du?“ Der Walter hofft auf Antwort in meinen Augen. Ich ziele wieder mit gestrecktem Arm auf ihn.

„Nein“, erwidere ich. „Du erzählst uns jetzt was.“

„Was willst du hören?“

„Was man mit Verrätern macht.“

„Du weißt es.“

„Gilt das für dich auch?“

„Selbstverständlich.“ Er will wieder einen Schritt in meine Richtung setzen.

„Platz!“ sage ich wie zum Pudel. „Zeit für ein Geständnis. Offenlegung deiner Geheimnisse. Sag der Mannschaft, daß du sie betrügst.“

„Nie!“

Er springt mich in Hüfthöhe an. Ich bewege automatisch den Zeigefinger. Kein Schuß. Mein Kampf ist in einer Sekunde verloren. Ich lande auf dem Rücken, die Kameradenköpfe sind gleich über mir.

Der Gnu nimmt mir seinen Revolver ab und spuckt mir ins Gesicht.

Der Walter kann aufatmen und findet schnell die richtig wirkenden Worte: „Ein Idiot mehr, der an der Weltverschlechterung arbeitet." Mich faucht er an: „Wer abfällt, ist Abfall."

„Du bist der Abfall", sage ich.

Der Erwin kniet neben mir und grunzt vor Aufregung. Ein Schlag ans Kinn verhindert jede weitere Erklärung meinerseits.

Ich verliere meine Kleider an die Meute. Nicht einmal die Unterhose bleibt mir. Die Hände kommen auf den Rücken. Der Gnu zielt mit dem Revolver auf meine Stirn. Er ist am wütendsten und schlägt mit dem Lauf zu.

Der Walter macht den Scharfrichter, kläfft die Anklage, die gleichzeitig das Urteil ist: „Verrat an der *Propaganda*, Sabotage, Zersetzung!"

Ich habe Glück. Das Glück heißt Nachbarschafts-Mißtrauen. Ein Nachbar, den schon öfter der Lärm der *Propaganda* irritiert hat, ist aufmerksam gewesen und hat meinen Schuß der Polizei gemeldet. Ein uniformierter Polizist steht auf einmal im Zimmer. Er verhaftet mich und die anderen auch, weil er nicht allein gekommen ist. Ich entkomme der Feme.

(Vokabeln.)
Strategie. Leichte Beute. Denkzettel. Vollmond.
Kameraden. Bewegung. Vater. Front. Kamerad.

Bei mehrmaligem Gebrauch wird jedes Wort sinnlos. Sogar Robert und *Propaganda*.

Von einem Gericht auf dem Weg zum nächsten Gericht. Die Kameraden sind alle schon frei. Die Truppe hat sich auf Notwehr eingeschworen. Daß ich zufällig im Büro aufgetaucht bin, können sie nicht erzählen. Immerhin stehe ich auf der letzten Anwesenheitsliste der Polizei. Sie stellen mich als Durchdreher hin. Die Herkunft der Waffe können sie sich nicht erklären.

Der Walter geht einen Schritt weiter. Er will mich vernichten und spielt der Staatsanwaltschaft eine Fotografie zu, die er gemacht hat, als wir den Orthodoxen bearbeitet haben. Auf dem Bild bin nur ich mit dem Juden zu sehen.

Ich werde Markus Schwartz allein vorgeführt. Er kann sich natürlich an mich erinnern, weil er mich zweimal gesehen hat. Bei den Kameraden ist er sich dagegen nicht sicher. Sie haben abgesprochene Alibis und bleiben auf freien Füßen; ich in *Ehren-Haft*.

Einen Versuch, die *Propaganda* wirklich anzuschwärzen, unternehme ich nicht. Er würde sowieso nur der eigenen Lächerlichkeit dienen. Was kann die Mehrheit dafür, daß ihr Chef falsch spielt?

Ich ändere mich nicht. Ich muß mich nicht ändern. Ich bin noch ein Eisen im Feuer. Ich falle nicht ins Schlachtenbummeln zurück. Die Richtung ist nach wie vor richtig. Das Personenregister der Truppe war falsch. Die *Propaganda* ist nicht zu reparieren. Sie ist ohne langes Leiden verstorben. Die Begräbniskosten sind enorm.

Der Vater kommt einmal. Zwei Sätze fallen ihm ein: Was hast du dir dabei gedacht? Hast du dir dabei was gedacht?

Die Haft trifft mich nicht. Bis jetzt: korrekte Behandlung; kameradschaftlich. Was soll noch kommen? Verfängliche Fragen? Schläge der Polizei? Ich habe keine Angst. Jetzt erst recht nicht.

(Bernhard Husch, 48, Polizeimajor:)
Ein genaues Bild können Sie jetzt noch nicht verlangen. Der junge Mann ist hochgradig neurotisch, fast irrational und trotz der Gruppe im Hintergrund irgendwie ein Einzelgänger. Ich weiß, das wollen Sie nicht hören. Der Grund für seine Straftaten liegt wahrscheinlich darin, daß er in der Gruppe verschmäht worden ist. Die Gruppe selber ist unüberlegt und hart in den Argumenten, aber bisher unauffällig in der Praxis. Eine Handhabe fürs Gericht besteht nicht. Sollen wir sie mit Strafverfügungen abmahnen?

Samstag. Der Zug fährt ohne mich nach Tulln. Ein Oberpolizist hat sich was einfallen lassen und mich in sein Büro bestellt. Ich merke schnell, daß er ein neues Attentat vorbereitet hat. Letzte Woche hat er mir einen Psychologen aufgehalst. Jetzt stellt er mir eine faltige Frau mit dunklen Brillen vor: mindestens 80. Sie ist kurzsichtig, glaube ich, und sieht mich gar nicht. Jedenfalls kenne ich sie nicht. Was soll ich ihr getan haben?

Der zivile Polizist sitzt zwischen uns, läßt einen Cassetten-Recorder laufen, hat aber auf Wiedergabe gedrückt. Er wird noch staunen.

Die Frau zittert im Gesicht, bevor sie das erste Wort sagt. Ihre Stimme singt mich an, kommt zur Sache. Sie hat das Konzentrationslager Buchenwald überlebt, sagt sie. Kann ich mir vorstellen. Meine Gedanken bleiben auf spöttischer Linie. Mit der Singstimme war sie ja wie geschaffen dafür, *alles* andere zu übertönen.

Sie merkt, daß ich verächtlich reagiere. Der Polizist zieht mich wild an den Haaren. Sie bremst ihn und fängt von vorne an: Details von Mißhandlungen, die mich nicht interessieren. Ich denke an Hausübungen, die ich schnell vor den Stunden in die Hefte geschmiert habe. Ich pfeife unhörbar. Die Alte wird mich nicht zerstören. Garantiert nicht. Warum hört sie nicht auf? Wann kommen denn die Öfen, die Rampen, die Kinder? Ich müßte sie wie eine Puppe an die Wand werfen. Ich bin der Gnu, der im Prater nach der Trinkerin tritt.

Die namenlose Frau schlurft mit einem Stock heran, zeigt eine Marke, eine Nummer im Arm. Beweist das was? Hält das ein halbes Jahrhundert? Vielleicht stempelt sie sich jeden Tag. Sie weint. Der Polizist schaut zum Fenster und hilft mir nicht. Den merke ich mir. Soll ich ihr glauben? Selber weinen? Ich weiß doch, was wahr ist. Mein Weg darf nicht zur Debatte stehen. Die Alte riecht nach Maiglöckchen und bleibt gebückt neben mir. Ihre Brust wird von Krämpfen gebeutelt. Jetzt hat sie mich soweit.

(Ernst Karl Lorentz, 47:)

Der Robert hat mir von seinen Werten nie was erzählt. Was hätte ich merken müssen? Die jähe Vorliebe für Schnürstiefel? Woran hätte ich es merken müssen? Am Rundum-Spott? Und wann? Bei den Lehrstellenwechseln? Fest steht, da kann ich mich nicht aus der Verantwortung winden, er glaubt den ganzen Unsinn. Ich schäme mich. Nicht für ihn. Für mich. Ich wollte ihn nicht mit Gewalt bevormunden und habe ihn gerade deswegen in der falschen Richtung allein gelassen. Gratulation! Ein leerer

Kopf ist besonders leicht anzufüllen. Bin ich ein Esel? Wie weit kann Naivität gehen? Ich hoffe auf nur kurze Fassungslosigkeit meinerseits und auf keinerlei Anfall von Selbstmitleid. *Er* braucht Hilfe. Ich weiß, warum ich auf seiner Seite sein muß. Auch wenn es ihn im Moment gar nicht interessiert.

(Ortskenntnis.)

Am Stammtisch im NOBODY ist alles Spiel und gleichzeitig Ernst. Heute sind Ersatzspieler nicht notwendig. Lothar Altmann nimmt einen anderen Aufsichtsratsposten wahr. Der Drexler ist stumme, der Pudel schlafende Kulisse.

„Karo zugeben“, verlangt der Fleischhauer, der fitgespritzt ist und eine Karte auf den Tisch wirft.

„Hab ich nicht“, sagt der Postenkommandant. Er will den Stich mit seiner kleinsten Tarockkarte machen. Gleich muß er sich korrigieren, weil er mit Schrecken die Karo-Dame in seinem Blatt entdeckt hat. Resignierend bekennt er Farbe.

„Da hat sich noch so ein Partisan versteckt“, sagt er.

Der Autor

HELMUT ZENKER, 1949 in St. Valentin/Niederösterreich geboren, Lastwagenfahrer, Filmvorführer und provisorischer Lehrer. Seit 1973 freier Schriftsteller; lebt derzeit in Klosterneuburg bei Wien. Wichtigste Veröffentlichungen: *Wer hier die Fremden sind* (Roman, 1973), *Kassbach* (Roman, 1974), *Herr Novak macht Geschichten* (Kinderroman, 1976), *Der Drache Martin* (Kinderroman, 1977), *Das Froschfest* (Roman, 1977), *Der Gymnasiast* (Erzählung, 1978), *Die Entfernung des Hausmeisters* (Geschichten, 1978), *Kottan ermittelt* (ein Lesebuch, Europaverlag, 1982), *Kottan ermittelt – Der vierte Mann* (Roman, 1987), *Kottan ermittelt – Geschichte aus dem Wiener Wald* (Roman, 1988); die Drehbücher *Kottan ermittelt* (Fernsehserie, 1976–1983), *Santa Lucia* (Fernsehspiel, 1978), *Jetzt oder nie* (Fernsehspiel, 1979), *Match* (Fernsehfilm, 1979), *Kassbach* (Kinofilm, 1978), *Schwitzkasten* (Kinofilm, 1978), *Den Tüchtigen gehört die Welt* (Kinofilm, 1981); das Theaterstück *Wahnsinnig glücklich* (1976).

LITERATUR IM EUROPAVERLAG

Paperback, 13 × 20,8 cm, 192 Seiten, ISBN 3-203-51019-7

Sechs spannende Storys aus den verschiedensten Lebensbereichen und ein zentrales Motiv: Der *winner* und der *loser*. Ein moderner Mythos, ohne den die Öffentlichkeit nicht mehr auskommt, irrational, unmenschlich und destruktiv. Dem Autor Wilhelm Pevny gelingt es, am Beispiel von Menschen in extremen Situationen zu zeigen, wie dieser Mythos brüchig wird und schließlich nichts mehr bedeutet.

Paperback, 11 × 20,8 cm, 120 Seiten, ISBN 3-203-51005-7

Drei Tage Rom mit dem Ehepaar Guschelbauer. Der Versuch, die Hochzeitsreise nach zwanzig Jahren zu wiederholen. Eingefleischte Kleinbürgergewohnheiten und die Erinnerung an das, was einmal war. – Was sich daraus ergibt, schildert Gustav Ernst mit Präzision, Distanziertheit und viel Ironie. Ein fesselndes, witziges und schockierendes Buch.

Zusammengestellt von Karin Jahn

Paperback, 13 × 20,8 cm, 192 Seiten, ISBN 3-203-51049-9

Eine Auswahl aus *(un)verlangt eingesandten* Texten, Kurzprosa und Lyrik zu keinem bestimmten Thema, von völlig unbekannten bis zu sehr bekannten Autoren geschrieben, die allen, die gerne lesen, Vergnügen bereiten sollten.